दुर्गा का मंदिर

"देवदासी की अधूरी आरती"

आयुष कुमार सिंह

दुर्गा का मंदिर

घोषणा -पत्र

यह पुस्तक एक काल्पनिक रचना है। इसमें वर्णित सभी पात्र, स्थान, घटनाएं, और संवाद लेखक की कल्पना का परिणाम हैं। यदि किसी जीवित या मृत व्यक्ति , समुदाय, संस्था , या स्थान से कोई समानता प्रतीत होती है, तो वह केवल एक संयोग मात्र है। लेखक का उद्देश्य किसी की भावना को आहत करना नहीं है।

आयुष कुमार सिंह

04/06/2025

नई दिल्ली

दुर्गा का मंदिर

कथासार

देवदासी प्रथा भारत की पुरानी और जटिल सामाजिक कुरीतियों में से एक है। पहले ये प्रथा मंदिरों से जुड़ी हुई एक पवित्र सेवा मानी जाती थी, जिसमें लड़कियां देवी-देवताओं की सेवा करती थीं और अपनी पूरी जिंदगी उनकी भक्ति में बिताती थीं। देवदासी लड़कियों को समाज में एक खास सम्मान भी मिलता था क्योंकि उन्हें देवी की प्रतिमा के साथ जोड़ा जाता था।

लेकिन समय के साथ-साथ ये प्रथा विकृत होकर कई जगह वेश्यावृत्ति का माध्यम बन गई। कई पुजारी और मंदिर प्रबंधक अपनी लालच और सत्ता के लिए इन लड़कियों को धोखे में डालते हैं। वे लड़कियों को मंदिर की सेवा के नाम पर बंदी बनाकर उनका शोषण करते हैं। इन लड़कियों को उनके परिवार की मर्जी के बिना

चुना जाता है और उनकी आज़ादी छीन ली जाती है। यहां तक कि कई माता-पिता अपनी इच्छा से भी बेटी दान देते है।

पुजारी समाज में बहुत प्रभावशाली होते हैं। वे न सिर्फ धार्मिक अनुष्ठान संचालित करते हैं, बल्कि इस कुरीति को कायम रखने में भी उनका अहम योगदान होता है। मंदिरों के पास रहने वाली लड़कियां, जिन्हें देवदासी कहा जाता है, अक्सर इस जाल में फंस जाती हैं जहाँ उनका जीवन संघर्ष, अपमान और सामाजिक बहिष्कार के बीच गुजरता है।

यह कहानी इसी काले सच को उजागर करती है कि कैसे धार्मिक आड़ में एक निर्दोष लड़की की जिंदगी तबाह हो जाती है। "दुर्गा का मंदिर: देवदासी की अधूरी आरती" एक ऐसी कहानी है जो समाज की इस कुप्रथा के खिलाफ आवाज़ उठाती है और दिखाती है कि कैसे लड़कियां अपने अधिकारों के लिए लड़ सकती हैं।

लेखक: आयुष कुमार सिंह

1: पांडुपल्लै

सूर्य अपने आवास को प्रस्थान कर चुके हैं। आकाश के पश्चिमी छोर पर रक्तिम आभा फैल रही है। गोधूली की बेला है वातावरण में न गायों की घंटियों की मधुर ध्वनि है, न ही बच्चों की किलकारी। नगर के एक छोर पर, नीम और बबूल के पेड़ों की ओट में एक पुरानी सी कुटिया स्थित है। बाहर से देखने पर वह कुटिया जितनी शांत और साधारण प्रतीत होती है, भीतर उतना ही संकट व्याप्त है।

कुटिया के भीतर की वायुमंडलीय स्थिति बोझिल है। जैसे दीवारों ने दुःख को पी लिया हो। एक कोने में बिछी पुरानी खाट पर एक बालक लगभग चार वर्ष का कई दिनों से ज्वर से तप रहा है। उसका शरीर पतला, आँखें भीतर धंसी हुई, और होंठों पर प्यास की रेखा स्पष्ट झलक रही है। खाट के पास पड़ी एक लकड़ी की मेज पर कुछ औषधियाँ बिखरी पड़ी हैं, जिन पर धूल की परत चढ़ चुकी है। लगता है जैसे कई दिनों से न मेज की सफाई हुई, न ही आशा ने उस घर में प्रवेश किया।

इसी बीच, रसोई से एक स्वर उभरा—“थोड़ा पानी गरम कर दूँ क्या?”

यह स्वर था एक स्त्री का, जिसकी आवाज़ में चिंता से अधिक विवशता झलक रही थी। वह जानती थी कि पानी गरम करने से कुछ नहीं होगा, पर कुछ तो करना है कुछ भी, ताकि स्वयं को असहाय महसूस करने से रोका जा सके।

अगले ही क्षण एक पुरुष स्वर आया, धीमा और थका हुआ—“गरम कर दो और तुलसी के पत्ते डाल देना। शायद कुछ राहत मिले।”

ये थे दो धर्मनिष्ठ लोग, जो वर्षों से माँ दुर्गा की उपासना कर रहे थे। आस्थावादी, व्रती, और दक्षिणाचार के पालनकर्ता। वे नियमों में बंधे हुए थे, और इस बंधन ने उन्हें उस अवस्था तक पहुंचा दिया था जहाँ तर्क से अधिक विश्वास ने स्थान ले लिया था।

बालक की कराह धीरे-धीरे और तीव्र होती जा रही थी।

प्रिया ने दीपक जलाया और भगवती की ओर मुख कर, हृदय से प्रार्थना की—“माँ कुछ तो कर दो! कुछ तो उपाय सुझाओ।”

और जैसे किसी अदृश्य शक्ति ने उत्तर दिया हो, अगले ही दिन गाँव में घोषणा होती है –"विजयवाड़ा के कनक दुर्गा मंदिर में सप्तदिवसीय पाठ आरंभ होने वाला है। हर पीड़ा का निवारण वहीं है।"

यह घोषणा नहीं थी, उस स्त्री के लिए यह ईश्वर की पुकार थी।

उसी दिन उन्होंने निश्चय कर लिया–"हम जाएँगे पाठ में। माँ ही उद्धार करेंगी।"

उन्हें नहीं पता था कि यही निर्णय उनके जीवन की दिशा और उनकी पुत्री सृष्टि का भविष्य हमेशा के लिए बदल देगा।

अगली भोर कुटिया के भीतर हलचल थी। रात्रि में नींद सबकी आंखों से दूर थी, किंतु आज मन में एक लक्ष्य था माँ के दर्शन और अंश के आरोग्य की प्रार्थना।

रविंद्र ने पूजा का थैला समेटा, उसमें अक्षत, नारियल, दीपक और कुछ दक्षिणा रखी। प्रिय ने अंश की ओर देखा अब भी उसका शरीर गर्म था, पर आँखें खुली हुई थीं। वह माँ की मूरत की ओर देख रहा था, जैसे किसी चमत्कार की प्रतीक्षा कर रहा हो।

पास ही खड़ी थी एक किशोरी सृष्टि। उम्र कोई नौ-दस वर्ष की रही होगी, पर मुखमंडल पर असामान्य गंभीरता थी। आँखों में सहज भाव, पर कहीं न कहीं कुछ चुपचाप टूटता हुआ भी झलकता था। उसकी चोटी कसकर बंधी थी, और माथे पर कुमकुम की रेखा। सृष्टि नित्य सुबह सबसे पहले माँ की मूर्ति पर जल चढ़ाती थी और फिर छोटे भाई की सेवा में लग जाती।

सृष्टि का नाम उसके रूप की तरह ही मनोहारी है उसकी काली आँखों में गहराई है, गोरे चेहरे पर चंद्रमा सी चमक, और होंठों पर हमेशा एक मधुर मुस्कान तैरती रहती है। उसके घने काले बाल हवा में लहराते हैं तो लगता है जैसे कोई कविता बिखर गई हो। उसकी सुंदरता न केवल उसके रूप में, बल्कि उसके कोमल स्वभाव और दयालु हृदय में भी झलकती है वह प्रकृति की तरह सहज और मन को छू लेने वाली है।

जैसे ही प्रिया ने पोटली उठाई, उसने सृष्टि से कहा– “सृष्टि, जब तक हम वापस नहीं आते, अंश का ध्यान रखना समय पर औषधि देना और माँ की ज्योति जलती रहे, यह सुनिश्चित करना।”

सृष्टि ने सिर झुका कर उत्तर दिया– “जी माँ।”

रविंद्र ने एक नज़र अपने बेटे पर डाली, फिर मंदिर की ओर बढ़ने को उद्यत हो गया।

जैसे ही वे घर की चौखट पार करते हैं, बाहर का दृश्य एकदम बदल जाता है। दूर-दूर तक फैली हुई धूलभरी पगडंडी, किनारे-किनारे पीपल और आम के वृक्ष, जिनकी छांव अब अलसाई हुई लगती है। पक्षियों की चहचहाहट मंद हो चुकी है, पर कहीं-कहीं कोई तोता या मैना "जय माँ दुर्गा" का स्वर गूंजा देता है।

रास्ते में रविंद्र और प्रिया दोनों मौन हैं, पर आँखों में दृढ़ता है। हृदय में एक ही भावना है—"माँ के चरणों में समर्पण।"

चलते-चलते प्रिय ने भक्ति भाव से स्तुति प्रारंभ की रविंद्र ने स्वर मिलाया।

"सबकी विपत्ति तारी, हमर काहे भूल गैलू महतारी।

राखे लियो भक्त प्रहलाद, नरसिंह रूप धरे तुम भारी।

सबकी विपत्ति तारी, हमर काहे भूल गैलू महतारी।

चंड-मुंड के शीश कटायो, असुरन से धरती उबारी।

सबकी विपत्ति तारी, हमर काहे भूल गैलू महतारी।

द्रौपदी के चीर बढ़ायो, लाज बचायो सभा बिचारी।

सबकी विपत्ति तारी, हमर काहे भूल गैलू महतारी।

शिव-पार्वती रूप धर आयी, संकट हरयो जन की नारी।

सबकी विपत्ति तारी, हमर काहे भूल गैलू महतारी।

राखे लियो हर चरण भक्तन, कबहूँ न खाली गयौ पुकारि।

सबकी विपत्ति तारी, हमर काहे भूल गैलू महतारी।

अबके अंचरा में बान्धि ल, माई सुनी ले हमरी वारी।"

राह कठिन थी, पर उनके विश्वास की डोर मज़बूत थी।

रविंद्र एक धर्मनिष्ठ, परंपरावादी पुरुष था, जो जीवन की हर कठिनाई में भवानी की इच्छा देखता था। कभी स्कूल में पढ़ाता था, पर अब जीवन का हर पाठ भवानी के चरणों में समाप्त होता है।

प्रिया मृदुभाषिणी, धार्मिक, लेकिन सीमाओं से बंधी स्त्री थी, जिसने कभी अपने लिए कुछ नहीं चाहा।

दोनों पति-पत्नी ने मिलकर कई कष्ट सहे थे, पर धर्म और आस्था का दामन कभी नहीं छोड़ा। इस पूरे जीवन में कई संघर्षों का सामना किया था कभी जाती के नाम पर तो कभी गरीबी के नाम पर हालांकि इनकी तीन संताने भी है नव्या, सृष्टि और अंश एक तो कई वर्षों की तपस्या के बाद एक पुत्र प्राप्त हुआ वो भी रोगी जिसकी विपत्ति के टालने के लिए वे भवानी के चरण पूजने चले है। वे दोनों मंदिर की ओर बढ़ते जा रहे थे नंगे पाँव, मन में विश्वास की ज्योति जलाए।

अभी उन्हें नहीं पता था कि माँ के दरबार में उनका स्वागत एक आम श्रद्धालु के रूप में नहीं, बल्कि एक अग्निपरीक्षा के प्रथम चरण के रूप में होने वाला है।

दक्षिण भारत का ये छोटा-सा गाँव पांडुपल्लै। यहाँ की मिट्टी में नारियल के पेड़ों की खुशबू और चिड़ियों की चहचहाहट बसी हुई थी। सुबह की हल्की धूप जब खेतों पर पड़ती थी, तो लगता जैसे सोने की चादर बिछ गई हो। इसी गाँव में बसा था एक समाज– दलित, सीधा-सादा और श्रम से जुड़ा हुआ। यह वो दौर था जब गाँवों में जाति की रेखाएं बहुत गहरी थीं। कनक दुर्गा मंदिर, जो पांडुपल्लै से कुछ ही दूरी पर था, पांडुपल्लै के लोगों की आस्था का बड़ा केंद्र था।

2: भवानी की चौखट

संध्या की वह बेला अब रात की काली चादर में लिपट रही थी। हवा में शंखनाद और घंटियों की ध्वनि गूँज रही थी, और चारों ओर माँ दुर्गा की स्तुति का स्वर वातावरण को पावन बना रहा था। प्रिया और रविंद्र श्रद्धा के भाव से सिर झुकाए, पैदल ही कनाक दुर्गा मंदिर की सीढ़ियां चढ़ रहे थे। उनके नेत्रों में भक्ति की आभा थी, हृदय में माँ का विश्वास, और माथे पर सिंदूर का तेज।

कनक दुर्गा मंदिर दक्षिण भारत के प्रसिद्ध तीर्थस्थलों में से एक जहाँ हर वर्ष नवरात्रों के समय हजारों श्रद्धालु आते थे, भवानी के चरणों में अपना मन, कर्म और जीवन समर्पित करने। परन्तु इस पवित्र स्थल की देहरी पर भी समाज की दूषित व्यवस्था की छाया आज भी गहरी थी।

जब प्रिया और रविंद्र मंदिर परिसर में पहुँचे, तो उन्होंने देखा कि चारों ओर कीर्तन-भजन गूँज रहे हैं। पर जैसे ही उन्होंने मुख्य मंडप में प्रवेश करना चाहा, वहाँ खड़े कुछ पुजारियों और सेवकों की दृष्टियाँ बदल गईं। एक वृद्ध सेवक ने उनकी वेशभूषा, उनके

साँवले रंग और पैरों में चप्पलों को देख प्रश्नवाचक दृष्टि से घूरा।

"कहाँ से आए हो?" उसने रूखे स्वर में पूछा।

रविंद्र ने झुककर हाथ जोड़ते हुए कहा, "हम दर्शन को आए हैं, माँ के दरबार में शीश झुकाने।"

सेवक ने मुँह बिचकाते हुए कहा, "मंदिर में हर किसी को अंदर आने की छूट नहीं। तुम्हारे जैसे लोग वहाँ नहीं बैठ सकते। वहाँ देखो पंडाल के उस कोने में जगह दी है तुम्हारे समाज वालों को। वहीं जाओ।"

प्रिया की आँखों में क्षण भर को जलन उतर आई। वह माँ की शरण में आकर भी अपमान का विष पी रही थी। लेकिन उसने कुछ नहीं कहा। उसकी माँ ने सिखाया था कि माँ दुर्गा सब देखती हैं, और सबका न्याय करती हैं।

वे दोनों चुपचाप उस कोने की ओर बढ़ गए, जहाँ पहले से कुछ लोग बैठे थे सब उन्हीं की तरह सामान्य वर्ग से, जिनका मंदिर में केवल कोना भर का स्थान था, पर माँ के प्रति आस्था असीम।

उस स्थान का व्यवस्था प्रभारी था केशव मुख्य पुजारी पन्ना महाराज का इकलौता पुत्र। केशव की उम्र कोई 22 वर्ष रही होगी,

माथे पर चमकता तिलक, केशों में चंदन की गंध और वाणी में कृत्रिम मधुरता। पर उसकी आँखों में कहीं न कहीं एक गूढ़ घृणा छिपी थी, जो उसकी मुस्कान के पीछे से झाँक रही थी।

"आ गए आप लोग? स्थान तो सीमित है, पर व्यवस्था करनी पड़ती है," केशव ने कहा। फिर हल्के स्वर में जोड़ा, "आप लोगों के लिए इतना भी बहुत है, नहीं? माँ की दृष्टि तो सब पर है ही, पर व्यवस्था व्यवस्था का पालन करना पड़ता है।"

प्रिया की आँखें नम हो गईं। वह स्त्री जो हर दिन माँ की मूर्ति के सामने दीप जलाकर उसे घर का मुखिया मानती थी, आज उसी माँ के घर में पराई कर दी गई थी।

रविंद्र ने उसकी हथेली थामी, और कहा, "माँ के दरबार में झुकने के लिए स्थान नहीं चाहिए, केवल समर्पण चाहिए। चलो प्रिया, वहीं बैठते हैं, जहाँ माँ ने स्थान दिया है।"

वे उस कोने में जा बैठे थे। जहां कोई सजावट नहीं थी, न फूलों की पंखुड़ियाँ, न धूप की महक। पर वहाँ भक्ति थी, मौन प्रार्थनाएँ थीं, और श्रद्धा की शुद्धता थी।

भजन शुरू हुआ:

दुर्गा का मंदिर

"जय -जय गिरिवर राज किशोरी ।

जय महेश मुख चन्द चकोरी।।

जय गजबदन षडाननमाता ।

जगत जननी दामिनी दुति गाता।।

नहिं तव आदि मध्य अवसाना ।

अमित प्रभाउ बेदु नहिं जाना ।।

भव भव विभव पराभव कारिनि।

विश्व बिमोहनि स्वबस बिहारिनि।।

पति देवता सुतीय महुँ मातु प्रथम तव रेख।

महिमा अमित न सकहिं कहि सहस् सारदा सेष।।

सेवत तोहि सुलभ फल चारी।

बरदायनी पुरारी पिआरी।।

देबि पूजि पद कमल तुम्हारे ।

सुर नर मुनि सब होहिं सुखारे।।

मोर मनोरथु जानहु नीकें।

बसहु सदा उर पुर सबहीं के ।।"

प्रिया ने आँखें मूँद लीं, उसकी पलकें भीग गईं। उसे लगा माँ के चरणों से एक किरण निकली और उसके ह्रदय को छू गई। अपमान के इस क्षण में भी उसे माँ की उपस्थिति महसूस हो रही थी। वह जानती थी, माँ दूर नहीं हैं। वह देख रही हैं।

गर्भगृह में दीपक की लौ थोड़ी तेज झलक उठी। जिसकी रौशनी में मां का प्रसन्न मुख का दर्शन हुआ।

माँ के दिव्य स्वरूप में एक अलौकिक तेज विराजमान है, जो समस्त ब्रह्मांड को प्रकाशित करता है। उनका मुखारविंद चंद्रमा की तरह शीतल, कमल की तरह कोमल और सूर्य की तरह

प्रकाशमान है। उनकी आँखों में करुणा की अनंत गहराई है, तो भृकुटी पर विश्व का संचालन करने वाली शक्ति का वैभव। उनके अधरों पर ममता की मुस्कान खिलती है, तो मस्तक पर त्रिनेत्र ज्ञान, इच्छा और क्रिया का प्रतीक है। उनके हाथों में वरदान और अभय का संदेश है, तो गले में सुशोभित मुंडमाला काल के परे की गाथा कहती है।

हम तो समर्थ नहीं हैं उनकी महिमा और उनके स्वरूप का उल्लेख करने में। यह तो शिव, ब्रह्मा और विष्णु भी नहीं कर सकते! तो हम जैसे तुच्छ प्राणी का तो एक ही आधार है वो है माँ के श्री चरणों का आधार।

धीरे-धीरे सात दिन बीत गए।

सप्तम दिवस की प्रभा अत्यंत मंगलमयी थी, यज्ञ की अंतिम आरती आज संपन्न होनी थी। पूरे नगर में उल्लास था, परंतु प्रियाक़ और रविंद्र के मन में एक विचित्र संकोच और पीड़ा भी थी। यद्यपि वे सातों दिन मंदिर पहुँचे थे, पर हर दिन समाज और परंपरा के बोझ ने उन्हें अलगाव की पीड़ा दी थी। वे और उनके

समाज के लोग मुख्य मंडप से दूर, एक कोने में बैठने को बाध्य किए गए थे एक ऐसा कोना जहाँ सूर्य की रोशनी भी अनमने भाव से पहुँचती थी। यही कोना, जहाँ आज भी उन्हें स्थान मिला था, मंदिर के प्रभावशाली पुजारी पन्ना महाराज के पुत्र केशव की दृष्टि में तिरस्कार का बिंदु बन चुका था।

आज यज्ञ का अंतिम दिन था। वेदों की ऋचाएँ गूँज रही थीं, पवित्र अग्नि धधक रही थी, और हवि की सुगंध से वातावरण मंत्रमुग्ध हो रहा था। मुख्य मंच पर नगर के प्रतिष्ठित लोग सजीव आस्था के साथ पक्वान्न, फल, वस्त्र, और स्वर्णाभूषण अर्पित कर रहे थे। उनके अनुष्ठान दृश्य की शोभा बढ़ा रहे थे। परंतु प्रिया और रविंद्र की झोली में बस दो गुड़हल के लाल फूल थे, जो उन्होंने अपनी श्रद्धा से माँ दुर्गा के चरणों में अर्पण करने को सँजोए थे।

साथ ही, प्रिया ने घर से बनवाया हुआ प्रसाद खीर भी लाया था, जिसे वह पन्ना महाराज को श्रद्धापूर्वक अर्पित करना चाहती थी। यह प्रसाद कोई भोज्य वस्तु मात्र नहीं था, उसमें उनकी आस्था, उनकी विनम्रता, और समाज की दीवारों को पार करने की एक मौन पुकार समाहित थी।

आज उनकी पुत्री सृष्टि और पुत्र अंश भी उनके साथ थे। सृष्टि के बालों में गुंथे चमेली के फूल, और अंश की आँखों में जिज्ञासा की चमक, दोनों किसी उज्ज्वल भविष्य की आशा का प्रतीक थे। प्रिय स्वयं खीर की कटोरी लेकर मुख्य मंच की ओर बढ़ीं।

पन्ना महाराज उस समय यज्ञ में लीन थे, पर उनका पुत्र केशव पास ही खड़ा था। उसकी दृष्टि प्रिय पर टिकी थी, पर श्रद्धा से नहीं वासना और तिरस्कार से भरी हुई। सृष्टि पर उसकी दृष्टि ठहर गई थी, उसके मन में वासना का बीज उसी क्षण अंकुरित हुआ।

सृष्टि, मात्र दस वर्ष की एक मासूम बालिका, अपनी माँ का आँचल थामे खड़ी थी। जैसे ही प्रिया ने कटोरी पन्ना महाराज के चरणों में रखनी चाही, केशव ने आगे बढ़कर प्रसाद को उनके हाथों से छीन लिया और उसे एक ओर रखने का इशारा कर दिया मानो वह अपवित्र हो। मंदिर में बैठे श्रद्धालुगण यह सब देख रहे थे, पर किसी ने कुछ नहीं कहा। सबकी निगाहें उस निरीह परिवार पर थीं, जो सिर झुकाए, अपने फूल माँ के चरणों में अर्पित कर लौट चला।

सृष्टि को कुछ समझ नहीं आया, पर उसके मन में यह बात धँस गई कि वह अपने माता-पिता के साथ मंदिर में अपमानित हुई है। रविंद्र का चेहरा कठोर था, पर भीतर टूट चुका था। प्रिया की आँखों में पीड़ा थी, परंतु उसमें रोष नहीं था बस एक गहन मौन, जो वर्षों की पीड़ा को आत्मसात कर चुका था।

केशव वहीं खड़ा रहा, पर अब उसकी दृष्टि यज्ञ की अग्नि पर नहीं, उस मासूम बालिका सृष्टि की छवि पर थी। एक विकृत आकर्षण उसके चेहरे पर झलकने लगा था यह एक ऐसी दृष्टि थी जो केवल शरीर देखती है, आत्मा नहीं। वही दृष्टि आने वाले संकट का संकेत बन चुकी थी।

पंडाल में शंखनाद हुआ, आरती शुरू हो गई। परंतु प्रिय और रविंद्र, अपने दोनों बच्चों के साथ, मंदिर की भीड़ से बाहर निकल चुके थे उनके लिए आज का यज्ञ भी उसी अपवित्रता का प्रतीक था, जो वर्षों से उनके समाज को मंदिर की देहरी से बाहर रखती आ रही थी। प्रेम वर्ष वे बाहर से ही माँ का जयकारा लगाते है।

यह दृश्य न केवल एक परिवार की पीड़ा है, बल्कि उस सामाजिक व्यवस्था का प्रतीक है जिसमें जाति, वर्ग, और पवित्रता के नाम

पर वासना, भेदभाव, और अपमान पलते हैं। यह वही क्षण था, जहाँ सृष्टि की मासूम दुनिया में एक काला धब्बा पड़ गया और वहीं से शुरू हुई एक अनकही, कठिन यात्रा।

3: सूर्य की किरणों के संग एक संदेश

सूरज की पहली किरण जैसे ही धरती पर पड़ी, एक अलसाई शांति पूरे गाँव पर छा गई। पक्षियों का कलरव आरंभ हो चुका था और पूर्व दिशा में लालिमा की आभा बिखर रही थी। मंदिर की घंटियाँ दूर कहीं बज रही थीं जैसे वे स्वयं दिन की शुरुआत की स्वीकृति दे रही हों।

रविन्द्र रोज की तरह अपने छोटे से आँगन में बँधी गाय को चारा डालने में व्यस्त था। वह मिट्टी से लिपे आँगन में झुका हुआ था, उसके हाथों में सानी थी और मन में श्रद्धा। गाय उसके लिए मात्र पशु नहीं, एक आराध्य थी उसकी दिनचर्या की शुरुआत उसी से होती थी।

उसने अपनी गाय के सिर पर स्नेह से हाथ फेरा ही था कि तभी उसकी दृष्टि गाँव के मार्ग की ओर पड़ी। दूर से कोई व्यक्ति तेज़ी से चला आ रहा था। धूप अब तक पूरी तरह फैली नहीं थी, परन्तु उस आगन्तुक के शरीर पर लहराते पीताम्बर ने उसकी उपस्थिति को और भी गूढ़ बना दिया था।

रविन्द्र की आँखें थोड़ी सिकुड़ीं। “कौन हो सकता है इतनी सुबह?” वह सोचने लगा।

व्यक्ति पास आया। उसके हाथ में एक मुड़ा-तुड़ा पत्र था और चेहरे पर न कोई संकोच था, न ही कोई अपनापन। उसने पास आते ही बिना कोई परिचय दिए पत्र आगे बढ़ा दिया। फिर धीमे स्वर में बोला, “ये पत्र पन्ना महाराज की ओर से है। आपके लिए है, विशेष।”

रविन्द्र ने झिझकते हुए पत्र लिया। उसकी उंगलियाँ काँप रही थीं, जैसे कोई अनहोनी पूर्वाभास कर रही हो। पत्र पर लाल मोहर लगी थी मंदिर की शाही मोहर।

उसने पत्र खोला। अक्षर पहचानने योग्य थे। यह हाथ से लिखा गया पत्र था और हस्ताक्षर थे “केशव पन्ना महाराज के सुपुत्र”।

पत्र का आरंभ अत्यंत विनम्र भाषा में था:

"आपका नाम आदरपूर्वक लेकर सूचित किया जाता है कि भगवती ने आपकी सुपुत्री सृष्टि को अपनी सेवा के लिए स्वयं

वरण किया है। यह कोई साधारण निमंत्रण नहीं, एक दिव्य आदेश है। हमारे पूज्य पिताश्री पन्ना महाराज ने स्वयं इस सेवा में प्रवेश हेतु अनुमति प्रदान की है। अतः आपसे अपेक्षा की जाती है कि आप मान-सम्मान सहित अपनी कन्या को मंदिर में विदा करें। आपका यह त्याग सम्पूर्ण समाज के लिए प्रेरणा बनेगा।

सादर,"

रविन्द्र की आँखें एक पल को सुन्न हो गईं।

उसका हृदय कांप उठा। “भवानी की सेवा” इन शब्दों के पीछे छुपा सच वही जानता था जिसने वर्षों से समाज के दोहरे मापदंडों को झेला था। वह जानता था कि ‘सेवा’ के नाम पर क्या होने वाला है एक दस वर्ष की बच्ची को एक ‘देवदासी’ बना दिया जाएगा।

पत्र उसके हाथ से फिसल गया। वह वहीं बैठ गया मिट्टी में, गाय के बगल में। मन और मस्तिष्क दोनों शून्य हो गए। क्या वह अपनी बेटी को, जिसे उसने लाख विपत्तियों में भी बचाकर रखा, अब स्वयं उस अंधेरे में धकेल दे?

उसे याद आया – सृष्टि की मासूम आँखें, उसका रुठना, उसका माँ को "अम्मा" कह कर गले लगाना। उसे लगा जैसे किसी ने उसके हृदय को निचोड़ दिया हो।

तभी घर के भीतर से प्रिया ने आवाज़ लगाई, "अन्नदाता, क्या हुआ? गाय का दूध दुहने नहीं चले?"

उसने कोई उत्तर नहीं दिया। पत्र की ओर देखा वह पत्र नहीं, जैसे एक श्राप था जो सात पीढ़ियों तक पीछा करेगा।

प्रिया ने जब बाहर आकर पति की स्थिति देखी तो उसके भी पाँव थम गए। उसने झुककर पत्र उठाया और पढ़ना शुरू किया। हर शब्द जैसे उसके भीतर किसी जलते लोहे की तरह उतरता जा रहा था।

उसकी आँखों में आँसू नहीं थे, बस गुस्सा था एक स्त्री का, एक माँ का क्रोध।

"ये क्या आदेश है? ये सेवा नहीं, ये बलि है! हमारी बच्ची कोई देवी का आह्वान नहीं, किसी पापी की कामना का लक्ष्य बनी है," प्रिया फुफकारते हुए बोली।

रविन्द्र ने सिर झुकाया। "हमारे पास कोई मार्ग नहीं है। यह पत्र पन्ना महाराज का है। यदि हमने इंकार किया, तो पूरा समाज हमें बहिष्कृत कर देगा। ना काम मिलेगा, ना छत बचेगी।"

प्रिया ने उत्तर दिया, "अगर इस संसार में माँ की ममता को समाज के डर से कुचला जाने लगे, तो ऐसे समाज को ध्वस्त करना ही धर्म है।"

सृष्टि और अंश अभी भीतर थे। अनजान इस तूफान से। सृष्टि अपने भाई को लकड़ी की पेंसिल से नाम लिखना सिखा रही थी – "अंश", "सृष्टि"।

प्रिया ने पत्र को फाड़ने के लिए हाथ बढ़ाया, पर रविन्द्र ने रोक लिया। "अगर हमने इसका विरोध किया, तो वे हमें अपवित्र करार देंगे। और फिर सृष्टि को जबरन उठा ले जाएंगे।"

प्रिया ने काँपते स्वर में कहा, "क्या कोई स्त्री के शरीर को मंदिर की भूमि समझकर भोगने का अधिकार रखता है? नहीं! हम उसे ले चलेंगे कहीं दूर जहाँ मंदिर की दीवारें उसके सपनों से ऊँची न हों।"

वह क्षण सृष्टि के जीवन का निर्णायक मोड़ था। एक मासूम बालिका, जिसने अब तक बस रोटियाँ बनती देखी थीं, अब खुद एक निर्णय का केन्द्र बनने वाली थी बिना किसी दोष के।

इधर मंदिर में एक अन्य दृश्य चल रहा था। केशव अपनी कुटिल मुस्कान के साथ कह रहा था, “देवी ने उसे स्वयं बुलाया है, और अब पिताजी ने भी अनुमति दे दी। अब उस कन्या को कोई नहीं बचा सकता। उसके चरण तो हमारे मंदिर में पड़ेंगे ही।”

उधर, रविन्द्र और प्रिया का मन द्वंद्व में था। वे जानते थे प्रतिकार आसान नहीं, परंतु आत्मसमर्पण असहनीय था।

सूरज अब सर पर चढ़ आया था, परंतु रविन्द्र और प्रिया के जीवन में अंधकार छा चुका था। सृष्टि, वह मासूम बच्ची, जो अब तक माँ के आँचल में ही अपनी दुनिया देखती थी, आज उस पर एक ऐसा निर्णय लादा जा रहा था, जिसे समझने की भी उसमें अभी क्षमता न थी।

केशव का पत्र अब घर की एक कोने में फटे हुए टुकड़ों में पड़ा था। प्रिया ने तो उस दिन ही ठान लिया था कि वह अपनी बेटी को

किसी भी कीमत पर इस अभिशाप से नहीं गुजरने देगी। लेकिन यह निर्णय इतना आसान नहीं था। यह सिर्फ माँ-बाप की इच्छाओं का मामला नहीं था, यह पूरे गाँव, पूरे समाज और उसके तथाकथित धर्मरक्षक तंत्र के खिलाफ जाना था।

रविन्द्र ने उसी शाम कुछ करीबी रिश्तेदारों को बुलाया अपने मामा के लड़के, चचेरे भाई और दूर के ममेरे बहनोई। सब आए, पर जब उन्हें बात बताई गई, तो सबने आँखें चुराई।

“भाई, महाराज का आदेश है इसमें कोई कैसे हस्तक्षेप कर सकता है?” एक ने कहा।

“तू तो जानता है कि कनक दुर्गा मंदिर के विरुद्ध बोलना मतलब मौत को बुलावा देना है,” – दूसरे ने चेताया।

तीसरा तो बिना कुछ कहे ही चुपचाप खिसक गया।

प्रिया की आँखों में आंसू थे, पर होठों पर एक सवाल, “क्या बेटी की रक्षा के लिए आज के दिन कोई नहीं खड़ा होगा?”

पर उत्तर में बस मौन मिला।

दुर्गा का मंदिर

अगली सुबह रविन्द्र और प्रिया गाँव के चबूतरे पर पहुँचे। वहाँ गाँव के बुज़ुर्ग बैठे थे वही जो दशकों से 'परंपरा' के नाम पर हर अत्याचार को जायज ठहराते आए थे। रविन्द्र ने हाथ जोड़कर कहा, "हम नहीं चाहते कि हमारी बेटी को देवदासी बनाया जाए। यह उसकी इच्छा के विरुद्ध है। हमारी भी। कृपया इस पर विचार कीजिए।"

एक पल को सन्नाटा छा गया, फिर एक बुज़ुर्ग ने गम्भीर स्वर में कहा, "किसी की इच्छा नहीं चलती यहाँ। जो देवी माँ की सेवा का आदेश होता है, वह अमिट होता है। यदि तुमने विरोध किया तो समझ लो, तुम समाज से बहिष्कृत किए जाओगे।"

प्रिया ने आगे बढ़कर कहा, "क्या सेवा जबरन होती है? क्या एक माँ का हृदय तुम्हारे इन पत्थर के नियमों से बढ़कर नहीं है?"

तभी गाँव की ओर से भीड़ इकट्ठा होने लगी। केशव के कुछ चेले भी वहाँ पहुँच चुके थे।

"अगर इन लोगों ने विरोध किया, तो घर समेत जिंदा जला देंगे इन्हें!" एक गम्भीर और कठोर आवाज़ गूँजी।

प्रिया सिहर उठी। रविन्द्र के हाथ काँपने लगे। वह जानता था कि यह कोई भावनात्मक धमकी नहीं थी। इस गाँव में पहले भी ऐसे कई उदाहरण मौजूद थे, जब नियम न मानने पर परिवारों को जला दिया गया था या गाँव से निर्वासित कर दिया गया था।

उसी रात रविन्द्र और प्रिया ने सारी कोशिशें कीं सृष्टि को छुपाने की, भाग जाने की योजना बनाने की। पर हर बार कोई न कोई गाँववाला पहरेदार बन जाता। उनके घर के बाहर निगरानी बैठा दी गई थी। उनके रिश्तेदारों ने तो साफ़ इनकार कर दिया कि कोई भी पनाह नहीं देगा।

तब प्रिया फूट पड़ी। उसने अपने कमरे में बंद होकर अन्न-जल त्याग दिया। सृष्टि कुछ नहीं समझ पाई। उसने बस माँ को लगातार रोते देखा। अंश, उसका छोटा भाई, माँ के आँसू पोछने की कोशिश करता रहा, पर माँ की पीड़ा तो उसके उम्र से परे थी।

रविन्द्र एक रात अकेले मंदिर पहुँचा और पन्ना महाराज के पैरों पर गिर पड़ा। “महाराज, छोड़ दीजिए हमारी बेटी को हम सब कुछ छोड़ देंगे गाँव, घर पर बेटी को यह मत कीजिए।”

पन्ना महाराज ने शांति से कहा, “यह तुम नहीं तय करोगे। यह देवी का आदेश है, तुम्हारे गिड़गिड़ाने से यह बदला नहीं जा सकता।”

जब रविन्द्र ने दुबारा प्रार्थना की, तो केशव पास आया और गाल पर थप्पड़ जड़ दिया। “बहुत हुआ यह नाटक। अगली सुबह तक लड़की नहीं सौंपी तो देख लेना क्या होगा।”

वह रात सबसे काली थी। प्रिया ने अपने आँचल में सृष्टि को छुपा रखा था जैसे कोई पक्षी अपने बच्चों को तूफान से बचा रहा हो। पर यह तूफान बाहर नहीं, भीतर का था।

सुबह हुई। मंदिर से नगाड़े बजने लगे। गाँव वाले जुटने लगे।

रविन्द्र ने प्रिया की ओर देखा। उसके चेहरे पर जमी हुई चुप्पी थी। वह हार चुकी थी। न खुद से, न दुनिया से, बस हालात से।

प्रिया ने सृष्टि के बाल संवारे। उसकी नन्ही चोटी बाँधी। सृष्टि हँसती रही, “माँ, आज मुझे मंदिर जाना है क्या?”

प्रिया ने गले लगाकर कहा, "हाँ बेटी, आज देवी माँ ने तुझे बुलाया है। पर याद रखना, तू जब भी माँ को याद करेगी, मैं तेरे साथ होऊँगी।"

रविन्द्र का गला सूख गया था। उसके हाथ काँपते हुए सृष्टि को पकड़ते थे।

सृष्टि को फूलों से सजाया गया। उसकी छोटी कलाई पर कलावा बाँधा गया। भीड़ के बीच से गुजरते हुए वह मंदिर की ओर बढ़ी न जानती हुई कि क्या होने जा रहा है, न समझती हुई कि क्यों उसकी माँ और पिता इतने दुखी हैं।

भीड़ तालियाँ बजा रही थी पर उनमें न श्रद्धा थी, न प्रेम। सिर्फ परंपरा का अंधा नशा था।

केशव मंदिर के दरवाजे पर खड़ा था। जब सृष्टि भीतर पहुँची, तो वह मुस्कराया। रविन्द्र और प्रिया ने आँखें झुका लीं।

माँ की आँखों से आँसू की अंतिम बूँद गिरी, और उसी के साथ एक माँ की आत्मा टूट गई।

4: अर्पिता

सूर्य की पहली किरण ने आकाश के आँचल को स्वर्ण रंग से रंगा ही था कि नगर की गलियों में शंख और घंटियों की ध्वनि गूँज उठी। आज का दिन मंदिर के लिए विशेष था कनक दुर्गा मंदिर में एक नई देवदासी का अभिषेक होना था।

मंदिर के सामने हज़ारों दीप जल उठे थे, फूलों की मालाएँ दरवाज़ों से झूल रही थीं, और देवियाँ गंगाजल से मंदिर की शुद्धि कर रही थीं। एक तरफ़ भजन गूंज रहा था

तो दूसरी ओर एक बालिका के मन में अपार शोर था एक ऐसा कोलाहल जो किसी को सुनाई नहीं देता।

वह बालिका थी सृष्टि।

काँपते पाँव, सूनी आँखें, और सर झुकाए वह मंदिर की सीढ़ियाँ चढ़ रही थी। आज उसका ताली बंधन था माँ दुर्गा से। नहीं यह नित्यसुमंगली नहीं, एक सामाजिक बंधन था, जो शास्त्र के नाम पर उसका सर्वस्व छीन लेने आया था।

मंदिर द्वार पर एक वृद्धा खड़ी थी। उसका चेहरा झुर्रियों से भरा था, पर आँखों में ऐसा तेज था जैसे उसने युगों की पीड़ा समेट रखी हो।

“चल बिटिया,” उसने सृष्टि का हाथ थामा।

“अब तू हमारी तरह देवी की अर्पिता बनेगी”

सृष्टि कुछ नहीं बोली। वह जानती थी यह मौन अब उसका स्थायी संगीत होगा।

मंदिर के गर्भगृह में आज विशेष सजावट थी। माँ दुर्गा की प्रतिमा के समक्ष एक छोटा-सा मंडप बना था। उसी के समक्ष सृष्टि को बैठाया गया।

उसके तन पर लाल रंग की साड़ी थी, जो उसकी उम्र से कहीं बड़ी लग रही थी। माँग में सिंदूर, गले में तुलसी की माला, और कलाई में चूड़ियाँ जो हर खनक के साथ उसके आत्मसम्मान की चुभन का प्रमाण बन रहीं थीं।

दुर्गा का मंदिर

पुजारी पंडित पन्ना जी महाराज, शांत मुद्रा में वेद मंत्रों का उच्चारण कर रहे थे।

उनके बेटे केशव की आँखें पीछे कोने में बैठी सृष्टि पर जमी थीं एक अशुद्ध दृष्टि जो धर्म के मुखौटे में छिपी थी।

और वह क्षण आया जब सृष्टि के हाथों में देवी की मूर्ति का आँचल रखकर, उसके माथे पर अक्षत, कुमकुम और चंदन से "श्री" लिखा गया।

वह अब किसी मनुष्य की पत्नी नहीं थी वह अब देवी की दासी नहीं, देवी की अनुरागी थी।

और अब उसका नया नाम था "देवी चित्रलेखा"

मंडप में एक ओर शंखनाद हुआ, और आकाश में फूलों की वर्षा होने लगी।

लोग बोले – "जय माँ दुर्गा की।"

पर एक स्त्री की आत्मा उसी क्षण भीतर कहीं दम तोड़ चुकी थी।

जब सभी मंत्र पूर्ण हो गए, और दान-दक्षिणा बाँटी गई,

तब वृद्धा उसे उठाकर मंदिर के पिछवाड़े ले गई, जहाँ अन्य देवदासियाँ खड़ी थीं।

उनमें से एक ने धीरे से कहा,

"अब तू भी हमारी तरह हो गई एक अर्पिता एक चढ़ाई हुई देह"

सृष्टि की आँखें डबडबा गईं।

पर वह जानती थी – अब आँसू भी व्यर्थ हैं।

इस नई दुनिया में भावनाएँ नहीं, केवल सेवा और संस्कार देखे जाते हैं।

मंदिर के बाहर एक कोने में रविन्द्र खड़ा था। उसकी आँखें लाल थीं, लेकिन वह चिल्ला नहीं सकता था। एक समाज ने उसके पिता होने के अधिकार को छीन लिया था।

प्रिया, सिर पर आँचल डाले, आकाश की ओर देख रही थी। उसके होंठ फड़फड़ाए –"माँ तूने हमारी बेटी को क्यों छीन लिया?"

लेकिन हवा में केवल शंख की गूंज थी जैसे कोई उत्तर देने को राज़ी नहीं।

संध्या की घंटियाँ मंद हो चुकी थीं। मंदिर परिसर की हर दीवार अब भीन भीन धूप, केसर और कपूर से सुवासित थी। चन्द्रमा का प्रकाश गर्भगृह के संगमरमर पर धुंधला पड़ रहा था जैसे किसी अपवित्र होने जा रही रात का पूर्वाभास दे रहा हो।

सृष्टि जो अब चित्रलेखा है नए नाम में, नई पहचान में, और एक ऐसी नियति में ढलती जा रही थी जिसे उसने कभी चाहा नहीं था।

वृद्‌धा, जो अब तक उसकी मार्गदर्शक बनी हुई थी, चुपचाप उसे मंदिर के एक आंतरिक भाग में ले गई। उस कक्ष में दीप जल रहे थे। दीवारों पर देवियों की भव्य चित्रकारियाँ थीं, पर वहां की मौनता में कोई भय था, कोई घुटन जैसे वह स्थान तप का नहीं, तपस्या का शोषण था।

"यह माँ का विश्राम कक्ष है," वृद्‌धा ने धीरे से कहा। "यहाँ माँ के भक्त स्वयं माँ का रूप देखकर पूजन करते हैं।"

चित्रलेखा कुछ समझ नहीं पाई पर उसने कोई प्रश्न नहीं पूछा। अब प्रश्नों का समय बीत चुका था।

वृद्धा ने उसके सिर पर हाथ फेरते हुए कहा – "ध्यान रखना बेटी, माँ के दूत कभी किसी रूप में आते हैं। उनकी सेवा से ही तुम्हारा मोक्ष जुड़ा है। उन्हें रोकना माँ के आदेश को रोकना होगा।"

वह बोलती रही। सृष्टि का चेहरा पथराता गया। वह कमरे में अकेली रह गई।

कुछ ही क्षणों में वह आ गया , वही केशव, मंदिर के मुख्य पुजारी पन्ना महाराज का पुत्र। उसके चेहरे पर कोई अध्यात्म नहीं था केवल स्वार्थ, केवल वासनात्मक अधिकार का भाव।

जब चित्रलेखा ने उसे देखा, तो उसकी साँसें थम सी गईं।

वह पीछे हटी। उसके होंठ फड़फड़ाए पर आवाज़ नहीं निकली।

उसने दरवाज़े की ओर देखा, भागना चाहा लेकिन उसकी पीठ दीवार से लग चुकी थी।

"तुम अब माँ की सेविका हो," केशव ने धीरे से कहा, "और माँ की सेवा उनके दूतों के माध्यम से ही पूरी होती है।"

उसके चेहरे पर दया नहीं थी। श्रद्धा नहीं थी। उसके स्पर्श में कोई आशीर्वाद नहीं केवल स्वार्थी अधिनायकत्व।

सृष्टि ने अपने भीतर कुछ टूटते हुए महसूस किया।

वह रोई नहीं वह चीखी नहीं वह बस शून्य में चली गई।

कमरे की हवा भारी थी। वृद्धा वापस आई। उसने चित्रलेखा के शरीर को देखा, जो एक कोने में बैठी थी, पांवों को समेटे हुए, चुप, निर्विकार। उसकी आंखों में कोई नमी नहीं जैसे उसने रोने का अधिकार भी खो दिया था।

वृद्धा ने उसके शरीर को पोंछा। गर्म जल की पट्टियाँ रखीं। कुछ कहा शायद डांटा भी।

"इतना शोर? ये कोई बालिका-उद्योग नहीं है बेटी माँ की सेवा में चुप्पी ही पूजा है।"

चित्रलेखा ने कुछ नहीं कहा। उसने बस धीरे-धीरे माँ दुर्गा की मूर्ति की ओर देखा और फिर अपनी पलकों को मूँद लिया।

"माँ क्या तू देख रही है?"

"क्या हर देवता केवल तांत्रिकों की ज़ुबान सुनता है?"

"क्या मेरी चीखें पूजा नहीं थीं?"

उसने उस रात कुछ और नहीं कहा। उसने बस तय किया अब वह केवल एक 'सेविका' नहीं रहेगी। अब वह माँ दुर्गा के नाम पर ढोंग करने वालों का पर्दाफाश करेगी।

5: न्याय कहाँ है, माँ?

इस घटनाक्रम के बाद भी मंदिर अपने नियमों से चल रहा था। घंटियाँ वैसे ही बज रही थीं। पुष्प वैसे ही चढ़ाए जा रहे थे। और पुजारियों के मुख पर वैसी ही बनावटी आस्था की मुस्कान थी।

चित्रलेखा धीरे-धीरे चलती हुई मंदिर के मुख्य सभा गृह में पहुँची। वहाँ पन्ना जी महाराज अपने शिष्यों को वेदपाठ करा रहे थे। सैकड़ों आँखों के सामने वह झुकी नहीं, टूटी नहीं बल्कि न्याय की याचना लिए आई थी।

"महाराज आपके पुत्र ने माँ के नाम पर मेरी देह को अपवित्र किया है। क्या यही पूजा है? क्या यही सेवा है? माँ के नाम पर यह कैसा अधर्म है?"

सभा में मौन छा गया। पन्ना जी महाराज ने कुछ क्षण चित्रलेखा की ओर देखा, और फिर आंखें फेर लीं।

"बेटी," उन्होंने कहा, "माँ के सेवक देवदूत होते हैं। यह मंदिर का नियम है सेवा में समर्पण ही सच्ची भक्ति है। और जो तुम पर हुआ, वह माँ की इच्छा थी। उसे निंदा मत बनाओ।"

चित्रलेखा का रोम-रोम काँप गया।

उसने देखा सत्य को किस तरह संस्कृति और धर्म का मुखौटा पहनाकर दबाया जा रहा था। उसने अपना सिर झुका लिया पर श्रद्धा से नहीं, तिरस्कार और विवशता से।

वह मंदिर के गर्भगृह में पहुँची। माँ दुर्गा की भव्य प्रतिमा सामने थी सिंहवाहिनी, महिषासुरमर्दिनी, त्रिनेत्री, अष्टभुजा धारिणी माता, जिनकी भुजाओं में विविध शस्त्र सुशोभित हैं—वे भक्तवत्सला भवानी हैं, जो सृष्टि की जननी और संकटों की विनाशिनी हैं। वे चण्डमुण्डविनाशिनी हैं, दुष्टों का अंत करने वाली, और करुणामयी अम्बा हैं, जो अपने भक्तों पर अनंत कृपा बरसाती हैं। कालरात्रि के रूप में वे तमस का नाश करती हैं, तो मंगलदायिनी बनकर जीवन में शुभत्व भरती हैं। वे जगज्जननी हैं, जो त्रैलोक्य को अपनी माया से मोहित करती हैं। भयहरणी भवभयहारिणी रूप में वे संसार के सारे भयों को हरती हैं।

सत्यसंकल्पा माता का संकल्प अटल होता है और वे प्रेमस्वरूपा हैं, जो अपने प्रत्येक अंश में वात्सल्य और करुणा की धार बहाती हैं। सृष्टिकर्त्री और संहारकर्त्री के रूप में वे ही जीवन और मृत्यु की चक्रधारी हैं। वे दुष्टनाशिनी भी हैं और साधकप्रिया भी, जो साधकों के मनोभाव को समझकर उन्हें भवसागर से तार देती हैं। ऐसी ज्वालामुखी देवी, अजिता और अपराजिता रूप में, समस्त ब्रह्मांड में शक्ति और चेतना का साक्षात रूप हैं।

उसने धीमे स्वर में मंत्र नहीं क्रंदन किया।

"हे माँ, क्या तू बस पाषाण है?

तेरे द्वार आई हूँ थकी हुई जान है।

चीरहरण देखा, पर तू मौन रही,

क्या मेरी चीखों की भी कोई पहचान है?

तेरे नाम पर जलते दीप हजार,

पर दासी के जीवन में केवल अंधकार।

मेरे तन को चीर दिया, धर्म ने टोका नहीं,

क्या यही है तेरा न्याय, यही है उपहार?

मंदिर के भीतर आरती, बाहर हाहाकार,

पापी करते पूजा, पर स्त्रियाँ लाचार।

भोग बन गई देह मेरी, शरण में आई अब,

कब टूटेगा ये तेरे मौन का जाल साकार?

हे माँ, मैं टूटी, पर अब भी तू ही आस है,

तेरे चरणों में है मेरी साँस की प्यास है।

पाषाण नहीं, बन जा अब प्रलयंकारी तू,

भस्म कर दे इस अधर्म को, बस यही अरदास है।

हे माँ, क्या तू बस पाषाण है?

या फिर तू ही मेरा विद्रोह, तू ही मेरी त्राण है?"

उसने माँ की मूर्ति को देखा फिर अपने कपोलों से आँसू पोंछ डाले। और अपने कक्ष की और बढ़ चली अपना सारा भार भवानी को सौंपकर।

कक्ष को बंद कर वो घंटों भवानी के ध्यान में मग्न रही न प्यास न भूख बस माँ के प्रति अपार प्रेम जिसका गुणगान करने की सामर्थ्य त्रिभुवन में किसी की नहीं है।

संध्या की बेला धीरे-धीरे अपने चरम पर पहुँच रही थी। पश्चिमी आकाश की गोद में सूर्य की अंतिम रश्मियाँ ठहरी हुई थीं, मानो दिन के आखिरी पल किसी अनकही व्यथा की तरह पसरे हों। मंदिर परिसर के उस एकांत कक्ष में जहाँ चित्रलेखा को निवास सौंपा गया था, वहां धूप की एक हल्की रेखा अब भी खिड़की की सलाखों से प्रवेश कर रही थी।

कमरा भले ही विस्तृत था, पर उसमें वह ऊष्मा नहीं थी जिसे गृह कहा जा सके। वह एक सुव्यवस्थित एकांत था जहाँ केवल मौन का निवास था। चित्रलेखा वही सृष्टि, जो अब अपने पुराने नाम से काट दी गई थी एक काष्ठ की चौकी पर कम्बल डाले बैठी थी।

उसके नेत्र बंद थे, अधर भींचे हुए, और ललाट पर एक सूक्ष्म कंपन, मानो भीतर कोई ज्वाला सुलग रही हो।

पिछली रातों की घटनाएँ उसकी चेतना पर अभी भी छाई थीं। शरीर थक चुका था, पर मन की थकान उससे भी अधिक गहरी थी। श्रद्धा के नाम पर, भक्ति के नाम पर उसके साथ जो किया गया वह क्या माँ दुर्गा की इच्छा थी? यह प्रश्न उसके भीतर किसी अरण्य की प्रतिध्वनि बन चुका था।

तभी एक धीमी आहट ने उस मौन को चीर दिया। द्वार पर वह परिचित खड़खड़ाहट हुई, और द्वार खुला। भीतर प्रवेश किया वही वृद्धा, जिसने पहले दिन से उसका मार्गदर्शन किया था। उसके पीछे एक और स्त्री थी शांत मुखाकृति, पर आँखों में एक गहराई जो बताती थी कि वह भी किसी समय ऐसी ही पीड़ा से गुज़री होगी। वह थी हेमलता।

"चल बिटिया," वृद्धा ने कहा, "संध्या वंदना का समय है। माँ के दर्शन का वेला कभी टाला नहीं जाता।"

चित्रलेखा धीरे से उठी। उसकी गति धीमी थी, पर भीतर कोई नई दृढ़ता पनप रही थी वह अब टूटने के बाद जुड़ने लगी थी। उन्होंने धीरे-धीरे मंदिर के गर्भगृह की ओर प्रस्थान किया।

रास्ते में खंभों पर लगी कलाकृतियाँ उनके ऊपर दृष्टि डालती प्रतीत हो रही थीं। दीपों की ज्योति एक मार्ग रच रही थी, और हवा में कपूर और चंदन की गंध मिलकर एक अलौकिक वातावरण रच रही थी।

गर्भगृह में माँ दुर्गा की विशाल प्रतिमा, कमलासन पर आसीन थी। उनके नेत्र अर्धनिमीलित थे, मानो सब जानती हों, सब देख रही हों, पर मौन हों। चित्रलेखा ने उनकी ओर देखा और उसकी आँखों से दो बूँदें ढुलक पड़ीं।

"आरती ले," हेमलता ने एक थाली उसकी ओर बढ़ाई। थाली में दीपक, अक्षत, पुष्प और एक छोटी कटोरी में खीर थी।

"ये क्या है?" चित्रलेखा ने पूछा। "माँ को अर्पण करने का आहार जो तू स्वयं बनाती है, वही अर्पण भी करती है। यही रीत है।" हेमलता ने मुस्कराते हुए कहा।

आरती के स्वर मंदिर में गूंजने लगे। चित्रलेखा ने माँ के चरणों में पुष्प चढ़ाया और आंखें मूँद लीं।

"जग जननी दयारूपा, सुन पुकार हमारी। सबकी विपत्ति तारी, हमरे कहे भूल गैलू, महतारी।"

अधरों पर यह स्वर स्वतः आ गया। न कोई स्मरण, न कोई रिहर्सल बस अंतःकरण से निकली पुकार।

आरती समाप्त हुई। भोग चढ़ाया गया। मंदिर का घंटा जोर से गूंजा।

उस दिन पहली बार, चित्रलेखा ने माँ दुर्गा को सिर्फ एक प्रतिमा नहीं, एक चेतना के रूप में देखा। उसके भीतर पहली बार यह विचार जन्मा – "क्या मैं केवल एक देह हूँ? क्या मेरी भक्ति, मेरी चेतना, मेरी पीड़ा यह सब कुछ माँ के सम्मुख नगण्य हैं?"

हेमलता उसके समीप आई।

"माँ सब देखती हैं, चित्रलेखा," उसने धीरे से कहा। "चुप रहना जरूरी नहीं, पर समय को जानना और भी जरूरी है। तू बोल, पर तब जब माँ स्वयं तेरी आवाज़ बन जाएँ।"

चित्रलेखा ने उसकी ओर देखा, एक मौन कृतज्ञता के साथ। उस दिन उसकी दिनचर्या केवल एक आरती नहीं रही वह एक आत्मचिंतन का प्रारंभ थी। यह वह पहला क्षण था, जब चित्रलेखा की चेतना ने निर्णय लिया वह केवल भोग की वस्तु नहीं रहेगी। एक दिन वह अपनी कथा कहेगी इतनी मुखर होकर कि इतिहास उसे मौन न कर सके।

6: गुमशुदा रेखाएं

प्रातः काल की प्रथम बेला थी। नभ में सूर्य की स्वर्णिम रेखाएँ धीरे-धीरे उतर रही थीं, मानो आकाश भी मंदिर की घंटियों संग माता को नमन कर रहा हो। चित्रलेखा मंदिर की दक्षिण दिशा में स्थित उस छोटी-सी शिला पर बैठी थी, जहाँ से पूरी गर्भगृह की पीठ दृष्टिगोचर होती थी। शरीर में शिथिलता थी, पर मन अब भी झंझावातों से घिरा हुआ। उसके नेत्रों में नींद न थी, अपितु एक अनकहा बोझ था आत्मा पर लगा धब्बा जिसे वह माँ के चरणों में धोना चाहती थी।

उसी समय, मंद पगों से वृद्धा गौरी और हेमलता वहाँ पहुँचीं। गौरी, जो अब मंदिर की सबसे पुरानी सेविका थी, अपने काँपते हाथों से चित्रलेखा के सिर पर हाथ फेरा।

"उठ बिटिया, आज से तुझे सेवा सिखाई जाएगी। यह तन अब सिर्फ भोजन बना कर या वस्त्र पहन कर जीवित नहीं रहेगा। सेवा से आत्मा जगेगी, और शायद उसी में तू अपने उत्तर पा सके।"

हेमलता मुस्काई। उसके नेत्रों में वर्षों की स्वीकृति भरी थी एक ऐसी स्वीकृति जो पीड़ा को भी पूजा मान बैठी थी।

"माँ को फूल कैसे चढ़ाना है, दीपक कैसे सजाना है, और सबसे अधिक मन को कैसे रोशनी देना है यह सब आज से तुझे सिखाया जाएगा," उसने कहा।

चित्रलेखा चुप रही। न सिर हिलाया, न विरोध किया। अब उसमें न असहमति बची थी, न सहमति। वह बस बह रही थी उस धारा में जिसे भाग्य ने 'भक्ति' कहकर आगे ढकेल दिया था।

प्रथम पाठ था प्रभात वंदना। देवदासियाँ सूर्योदय से पूर्व मंदिर को गंगाजल से धोती थीं। चित्रलेखा को भी सिखाया गया कि किस प्रकार शंख में जल भरकर गर्भगृह में छिड़काव किया जाता है, और किस स्वर में माता को जाग्रत किया जाता है।

"स्वर में कम्पन नहीं होना चाहिए, बिटिया," गौरी ने कहा, "माँ को जब तू बुलाती है, तो वह पुकार आत्मा से निकली होनी चाहिए, गले से नहीं।"

दूसरा पाठ था श्रृंगार सेवा। हेमलता ने उसे सिखाया कि किस प्रकार माँ की प्रतिमा को वस्त्र, गहने, चंदन और कुमकुम से

सजाया जाता है। साड़ी की प्लीट, फूलों का क्रम, और यहाँ तक कि दीपक में बत्ती किस ओर झुकी हो सबका अपना नियम था।

तीसरा पाठ था भोग अर्पण और आरती। चित्रलेखा को बताया गया कि माँ के लिए बना भोजन पहले क्या मंत्र पढ़कर अर्पित किया जाता है, और किस विधि से घंटियाँ बजाते हुए आरती करनी होती है।

किन्तु सेवा करते हुए चित्रलेखा के भीतर एक आग सुलग रही थी। हर बार जब वह माँ के चरणों में फूल चढ़ाती, उसके मन में यह प्रश्न उठता –"क्या यही जीवन है जिसे मैं आज़ादी से जी भी नहीं सकते?"

वह माँ से प्रश्न करती, मन ही मन: "हे माँ, क्या यही तेरी सेवा है? क्या तेरी प्रतिमा की रक्षा के लिए मेरी आत्मा को बंदी बनाना आवश्यक था? क्या सेवा का अर्थ है मौन रहकर अन्याय सहना?"

पर हर बार माँ की प्रतिमा से केवल मौन उतरता था। शायद वो भी इस प्रथा की दीवारों में जड़ हो चुकी थीं।

एक दिन, जब वह माँ के लिए फूल तोड़ रही थी, हेमलता पास आई और बोली: "तू जानती है चित्रलेखा, मैंने तुझमें कुछ अलग देखा

है। बाकी सबने सेवा को नीयति मान लिया है, पर तेरी आँखों में प्रश्न हैं। शायद माँ तुझसे कुछ नया चाहती है। तू वही बन जो दूसरों को रास्ता दिखा सके।"

यह पहला क्षण था जब चित्रलेखा के भीतर सेवा का अर्थ केवल पीड़ा नहीं, बल्कि शायद संघर्ष का मार्ग बनने लगा।

अब जो भोगी तन को रौंदते तो वो पाषाण की तरह बे सुध रहती एकमात्र आश्रय माँ भवानी का वो सब देख रही है ये संतुष्टि उसे जीने की आस देती थी। और अब तो उसकी सहेली भी बन चुकी थी हेमलता।

मंदिर के पीछे तुलसी कुंड के पास, जहाँ सूरज की किरणें बमुश्किल पहुँच पाती थीं, चित्रलेखा चुपचाप बैठी थी। उसका चेहरा धूप-छाँव के बीच जैसे कोई धुंधला चित्र बन गया था। हेमलता पास आकर बैठी।

चित्रलेखा (धीरे से):"हेमलता दीदी क्या आप जानती हैं, मेरी एक बड़ी बहन थी नव्या। माँ-पिता ने कहा था कि उसे भी इसी मंदिर में चढ़ाया गया था।"

हेमलता चौंकी।

"नव्या? नाम तो सुना है पर मैं उस समय छोटी थी। कई लड़कियाँ यहाँ आईं, कुछ सेवा में रहीं कुछ गायब हो गईं।"

चित्रलेखा की आँखें नम थीं: "गायब...? कोई कुछ करता नहीं?"

हेमलता:"यहाँ सवाल नहीं उठाए जाते चित्रलेखा। यहाँ सब कुछ ‘माँ की इच्छा’ कहकर ढँक दिया जाता है।"

चित्रलेखा कुछ क्षण मौन रही। फिर अचानक, जैसे भीतर से ज्वालामुखी फूट पड़ा हो –"नहीं! मैं जानूँगी! नव्या कहाँ गई मैं ढूँढ के रहूँगी।"

हेमलता ने उसका हाथ पकड़ा –"अगर तू अकेली निकली तो यह अग्निकुंड तुझे भी निगल जाएगा। हम दोनों साथ खोजेंगे। वचन?"

चित्रलेखा:"वचन।"

अगली ही संध्या, जब मंदिर के बाहर कचनार की पत्तियाँ बुहारने का समय था, चित्रलेखा और हेमलता, वृद्धा गौरी के पास पहुँचीं।

चित्रलेखा (दृढ़ स्वर में):"माँ गौरी मेरी बहन नव्या क्या आप उसे जानती थीं?"

वृद्धा का झुर्रीदार चेहरा क्षण भर को कठोर हो गया। हाथ का झाड़ू थम गया।

गौरी (तीखे स्वर में): "बहुत बात करने लगी हो बिटिया जो बीत गया उसे कुरेदने से सिर्फ रक्त ही निकलेगा। भूत को छोड़ो, सेवा में ध्यान लगाओ।"

हेमलता:"लेकिन माँ यदि उसे कुछ हुआ?"

गौरी (गंभीर होकर): "मैंने कहा, ये प्रश्न मत पूछो। ये स्थान प्रश्नों से नहीं, समर्पण से चलता है। अगर कुछ और पूछा तो"

गौरी पीछे मुड़ी और धीरे-धीरे चली गई। उस दिन के बाद उन्होंने कभी चित्रलेखा की आँखों में सीधे नहीं देखा।

समय बीतता गया। दिन सेवाओं में और रात्रि प्रार्थनाओं में कटते गए। चित्रलेखा अब 'पूर्ण देवदासी' के रूप में नृत्य, गीत और पूजा में पारंगत हो चुकी थी।

मगर भीतर एक क्रांति पल रही थी।

जब भी कोई 'भक्त' माँ के नाम पर वासना से अंधा होकर उस कक्ष में आता, चित्रलेखा बिना डरे, बिना बोले, केवल माँ के नाम का स्मरण करती और एक पाषाण मूर्ति की तरह खड़ी रहती।

उसकी आँखें बंद रहतीं।

उसकी आत्मा जैसे कह रही हो –"हे माँ, यदि तू है, तो आज़मा मुझे। मेरी देह से कोई मुझे छीन नहीं सकता, जब तक तू मेरे भीतर है।"

कुछ भयभीत होकर लौट जाते, कुछ क्रोधित होकर पुजारियों से शिकायत करते, मगर चित्रलेखा अब माँ की मूर्ति के सामने बनी एक दूसरी मूर्ति बन गई थी मौन, शांत मगर चट्टान की तरह अडिग।

चित्रलेखा के जीवन में उस सत्य को उजागर हुए नौ वर्ष बीत चुके हैं। उस रात्रि की घटनाएँ, वह शोषण, वह पीड़ा सब अब उसके हृदय में एक शांत किन्तु प्रज्ज्वलित ज्वाला की भांति जीवित हैं। अब वह अठारह वर्ष से अधिक की हो चुकी है। बाल्यावस्था के भ्रम टूट चुके हैं, और वह अब स्वयं अपने अस्तित्व की स्वामिनी है।

उसका शरीर अब कमजोर नहीं, और उसकी चेतना एक धधकता हुआ संकल्प बन चुकी है।

संध्या की छाया जैसे ही मंदिर की गहराइयों में फैलने लगी, वैसा प्रतीत होने लगा कि अंधकार केवल प्रकाश को नहीं, किसी रहस्य को भी निगल रहा है। चित्रलेखा और हेमलता, जो अब तक केवल आदेशों पर चलती आई थीं, आज कुछ अलग कर बैठी थीं। एक पुरानी दीवार के सहारे से बने उपमार्ग से होकर वे दोनों मंदिर के एक भूले-बिसरे हिस्से की ओर जा रही थीं।

यह हिस्सा मंदिर की उस ओर था जहाँ जाना वर्जित माना जाता था एक संकीर्ण पत्थर की गली, जिसके आर-पार बेलें उग आई थीं और दीवारों पर वानस्पतिक चिह्न उकेरे हुए थे। वहां की दीवारें नम थीं, और वायुमंडल में एक अजीब सी सीलन और धूप-चंदन की मिली-जुली गंध थी।

"हेमलता दीदी," चित्रलेखा ने धीमे स्वर में कहा, "क्या आपको भी कभी लगा कि इस मंदिर की गहराई में कुछ और भी छिपा है?"

हेमलता ने कुछ नहीं कहा, बस उसकी आँखों में एक भय मिश्रित जिज्ञासा थी।

तभी एक हलकी आवाज उनके कानों में पड़ी जैसे दो पुरुष किसी गूढ़ विषय पर वार्तालाप कर रहे हों। दोनों धीरे-धीरे उसी दिशा में सरकने लगीं, जहाँ से स्वर आ रहा था।

दीवार के पीछे एक झरोखे से उन्होंने झाँका वहाँ खड़ा था पन्ना महाराज, मंदिर का सर्वोच्च पुजारी। उसके साथ एक अजनबी व्यक्ति था वस्त्र आधुनिक, चाल में दम्भ, और आँखों में एक व्यापारिक चमक।

"तो कौशिकी को कल रात तक रवाना कर दो," पन्ना महाराज ने कहा। "कंबोडिया वाला सौदा तय हो चुका है, देवता लोग भी प्रसन्न होंगे।"

"उसे जबर्दस्ती तो नहीं न भेजना पड़ा?" व्यापारी ने पूछा।

"नारी जब एक बार माँ के नाम पर अर्पित हो जाए, तो फिर उसकी इच्छा मायने नहीं रखती," पन्ना महाराज की आँखों में अब पाखंड की शीतलता नहीं, दरिंदगी की ज्वाला थी।

"और बच्चा?"

"गोविंद आश्रम," पन्ना बोला, "जैसे बाकी उसका भी बच्चा वहीं जनमा था। ये मंदिर सेवा के लिए हैं, मातृत्व के लिए नहीं।"

चित्रलेखा का दिल धड़कना भूल गया। हेमलता का हाथ काँप गया। वे दोनों धीरे से हट गईं, एक-दूसरे की ओर देखती रहीं अब वह श्रद्धा नहीं बची थी जो इस मंदिर को ईश्वर का घर मानती थी।

इस दृश्य ने उनके भीतर कुछ तोड़ दिया था एक ऐसी दीवार जो वर्षों से 'सेवा' के नाम पर बनाई गई थी। अब वे जान चुकी थीं, इस मंदिर के गर्भ में कोई देवी नहीं, केवल सौदागर पलते हैं।

और तभी, उनके कदमों के नीचे कोई चीज़ चटकती है – एक सूखी लकड़ी या शायद नियति का एक और संकेत। पन्ना और वो व्यक्ति हैरान होकर बाहर आए पर ये दोनों पहले ही निकास की और बढ़ चली थी पन्ना को किसी अनहोनी का संकेत हो चुका था यहां कोई मनुष्य ही था क्योंकि ऐसे स्थान पर कीट मच्छरों के सिवा कोई आता ही नहीं।

आज की रात्रि किसी तूफान से कम नहीं थी। चित्रलेखा और हेमलता दोनों के मन में एक बेचैनी थी, जिसे वे शब्दों में बाँध नहीं पा रही थीं। और जिस सच ने आज उन्हें प्रत्यक्ष दर्शन दिया है इसके बाद ये होना स्वाभाविक है।

चित्रलेखा हेमलता की गोद में सिर रहे अंचल से अपना मुंह ढके रोए जा रही थी मानो आज एक और नर्मदा का प्रादुर्भाव हो जाएगा। रुंधे कंठ से चित्रलेखा कहती है "हेमलता मेरी बहन नव्या शायद उसी गोविंद आश्रम में हो"

हेमलता के पास कोई उत्तर नहीं था वो सन रह गई और दोनों विलाप करते हुए कब निद्रा को समर्पित हो गई पता न चला। उस शांत क्षण में, मानो स्वयं माँ भवानी की कृपा उसकी चेतना पर उतर आई हो–

"या देवी सर्वभूतेषु निद्रारूपेण संस्थिता।

नमस्तस्यै नमस्तस्यै नमस्तस्यै नमो नमः॥"

यह वही शक्ति थी जो सभी प्राणियों को विश्राम देती हैं। वह अब मां की गोद में थी नींद में नहीं, एक दिव्य शांति में।

7: शक्ति-संकल्प

प्रभात की पहली किरण जब मंदिर की जर्जर दीवारों पर पड़ी, तो जैसे हर पत्थर पर कोई मौन गाथा उभर आई हो। चिड़ियों की आवाज़ें मंद थीं, मानो वे भी अब इस पवित्र स्थल के भीतर छिपे पापों को समझने लगी हों। हवा में गुलाब और धूप की मिली-जुली गंध थी, परंतु चित्रलेखा की आँखें अब उस सुवास से नहीं, केवल अपने संकल्प की आग से भरी थीं।

मिट्टी की सतह पर चित्रलेखा धीरे-धीरे बैठी, उसकी पीठ सीधी, उसका चेहरा आकाश की ओर। उसके शरीर से सारी पीड़ा जैसे बह चुकी थी – और रह गई थी बस एक ठंडी आग। पास ही हेमलता चुपचाप खड़ी थी, पर उसकी नज़रें चित्रलेखा पर टिकी थीं, मानो वह देख रही हो कि आज कोई साधारण स्त्री नहीं, एक देवी साक्षात हो रही है।

चित्रलेखा ने दोनों हथेलियाँ जोड़कर माँ की ओर देखा। उसके अधरों से स्वर नहीं, एक ज्वलंत मौन फूटा–

(1)

हे माँ भवानी! सुन मेरी वाणी,

तेरे द्वार आई हूँ, लेकर कहानी।

जिसे सबने तोड़ा, जिसे सबने ठुकराया,

आज उसी नारी ने तेरा नाम जपाया।

(2)

न फूलों की माला, न दीपों की रेखा,

तेरे चरणों में लहू है – चित्रलेखा।

हर घाव मेरा तेरे नाम की पूजा,

अब मुझे बना दे अग्नि, न रहूँ मैं दूजा।

(3)

माँ! मैं याचना नहीं करने आई,

मैं तो तेरे ही तेज की परछाई।

दे मुझे वही शक्ति, वही ताप दे,

जो अन्याय के मूल को भस्म कर दे।

(4)

अब मौन नहीं – यह स्वर है ज्वाला,

तेरे नाम से फूटे मेरा हर उचाला।

नारी हूँ मैं – मगर दुर्बल नहीं,

तेरे रूप में हूँ – कोई विकल नहीं।

(5)

माँ! मेरा विनाश ही मेरा यज्ञ बने,

मेरी हर आँह से सत्य जागे, धर्म जले।

तेरे चरणों की रेखा बनूँ,

तेरे ही रथ की गति बनूँ।

(6)

हे माँ! अब तू ही मेरा रूप हो,

मेरे रक्त में तू ही स्वरूप हो।

इस स्तुति को तू आह्वान बना,

और इस नारी को तू महास्वान बना।

उसने धीरे-धीरे आँखें खोलीं। उसकी दृष्टि अब धुँधली नहीं थी। अब वह स्पष्ट देख सकती थी माँ की प्रतिमा के पीछे छुपे वो रहस्य, वो गलियाँ जो किसी समय केवल प्रार्थना के लिए बनी थीं पर अब व्यापार का रास्ता बन चुकी थीं।

चित्रलेखा उठ खड़ी हुई। उसके वस्त्र अब भी वही थे, पर उसका व्यक्तित्व बदल चुका था। वह अब चयन की पात्र नहीं थी, अब वह चयन करने वाली थी।

हेमलता आगे आई और बोली, "चित्रलेखा, तू अब वैसी नहीं रही जैसी पहले थी। तुझमें माँ की ज्वाला उतर आई है। क्या अब भी तू सोचती है कि हम इस अग्नि को बाहर ले जा सकेंगी?"

चित्रलेखा ने मुस्कराकर कहा– "हाँ, हम बाहर नहीं जाएंगे हम भीतर ही वह ज्वालामुखी फोड़ेंगे, जो इस व्यवस्था की नींव को हिला दे। हम अपनी बहनों को जगाएंगे, उनकी यादों को, उनके आँसुओं को और फिर माँ की मूर्ति के चरणों में नहीं, अब माँ की आत्मा को अपने भीतर धारण करके चलेंगे।"

उसने आगे कहा: "मुझे कोई भय नहीं, हेमलता। अब यदि अगला क़दम मृत्यु भी हो तो मैं उस मृत्यु को भी गले लगाऊँगी, यदि वह किसी और की ज़िंदगी की राह खोल सके।"

सुबह की धूप अब तीखी होने लगी थी। धूप में सजी धूपबत्ती की गंध चित्रलेखा के आँचल को सहला रही थी, मानो माँ स्वयं कह रही हों–'अब तू तैयार है।'

मंदिर परिसर में धीरे-धीरे कुछ बदल रहा था। जो आँखें अब तक झुकी हुई थीं, उनमें प्रश्न उभरने लगे थे। जो होंठ अब तक मौन थे, उनमें फुसफुसाहट जाग उठी थी। चित्रलेखा और हेमलता की दृष्टि अब केवल नाचने-गाने तक सीमित नहीं रही थी। वे अब हर

उस बहन को, जो अपने हृदय में घुटन लिए मंदिर की प्राचीरों में कैद थी, खोज रही थीं और जागृत कर रही थीं।

"क्या तुम जानती हो," चित्रलेखा एक शाम एक कोने में बैठी देवदासी 'मालविका' से बोली, "कि तुम्हारे शरीर का यह नृत्य, यह श्रृंगार, यह आरती सब एक बहुत बड़ी साजिश की परछाई है?"

मालविका का चेहरा फक हो गया। उसके ओठ काँपे – "मैं... मैं कुछ नहीं जानती"

"अब जानना पड़ेगा," हेमलता पीछे से आगे बढ़ी, "क्योंकि मौन रहना अब पाप है। हमें अपनी बहनों के लिए, अपने भविष्य के लिए, माँ की मर्यादा के लिए बोलना होगा।"

धीरे-धीरे, रातों की गूंजती खामोशियों में विद्रोह की मंत्रणा गूंजने लगी। संध्याकाल के ठीक बाद, जब मंदिर में घंटियों की गूंज होती थी, उस समय एकांत में वे एकत्र होतीं – कोई दीप जलाकर, कोई पायल उतारकर, और कोई अपने माथे का चंदन मिटाकर इस गुलामी से बाहर आने की प्रार्थना करती।

चित्रलेखा ने कहा, "हम अब गुलाम नहीं हैं। हम देवदासियाँ नहीं, माँ दुर्गा की प्रतिछाया हैं। अब इस अंधकार को छिन्न-भिन्न करना होगा।"

इस तरह सात देवदासियाँ धीरे-धीरे चित्रलेखा और हेमलता की ओर खिंच आईं। एक संकल्प, एक चुप क्रांति का बीज अब अंकुरित हो चुका था।

परंतु हर दीवार के पीछे कान होते हैं।

पन्ना महाराज के निजी सेवक 'रामहरि' को कुछ आभास हो चुका था।

एक रात्रि, जब चंद्रमा पूरी उष्णता के साथ आकाश में था, वह पन्ना महाराज के सामने गया और बोला "महाराज, कुछ चल रहा है। चित्रलेखा और वह हेमलता वे बहनों को भड़का रही हैं।ये देवदासियाँ अब वैसी नहीं रहीं।"

पन्ना महाराज का चेहरा काला पड़ गया। उसकी आँखों में भस्म कर देने वाला क्रोध भर आया।

वह फुंकार उठा– "क्या? ये कुलक्षणियाँ मंदिर की मर्यादा को जला डालेंगी? क्या मैं इतना निर्बल हो गया हूँ कि दो कन्याएँ इस पूरे महायंत्र को ध्वस्त कर देंगी?"

उसने एक शक्तिशाली मुट्ठी मेज़ पर दे मारी।

"कहाँ है केशव?"

सेवक ने शीघ्रता से केशव को बुलाया। वह झुका, परंतु उसकी आँखों में वह नृशंस हँसी थी जिसे देखकर चित्रलेखा कांप उठी थी पहली बार।

पन्ना महाराज ने आदेश दिया: "चित्रलेखा अब इस मंदिर में नहीं रहेगी। उसे मेरे कृषि भवन पर ले जाया जाए। वह स्थान अधिक सुरक्षित है। और हाँ, उसे सबक भी सिखाया जाए। ताकि और कोई दुर्गा की सेवा के नाम पर विद्रोह का नाम न ले सके!"

केशव की आँखों में शिकार के पहले की भूख चमक उठी।

"जैसा आप आदेश दें, महाराज।"

अगले दिन भोर में, जब मंदिर के दीपकों की लौ मद्धम हो रही थी, चित्रलेखा को चुपचाप एक चादर में लपेटकर मंदिर से बाहर ले जाया गया। उसके हाथ बंधे नहीं थे, पर उसकी आत्मा जंजीरों में जकड़ी थी।

हेमलता जब जगी, तब तक बहुत देर हो चुकी थी।

"चित्रलेखा? चित्रलेखा! कहाँ गई तुम?"

दीवारों ने मौन साध रखा था।

सूरज अस्त हो चुका था। कृषिभवन के कोनों में अंधकार गहराता जा रहा था। पुरानी ईंटों की दीवारें, सीलन भरी हवा और काई जमे फर्श यह स्थान मंदिर से बिल्कुल भिन्न था। चित्रलेखा को वहाँ आँखों पर पट्टी बाँधकर और हाथ-पाँव बाँधकर लाया गया था।

एक कोने में, फर्श पर, उसे रस्सियों से बाँध कर बैठा दिया गया।

वह चिल्लाई, काँपी, आँखों से आँसू बहते रहे–"माँ! माँ दुर्गा! क्या मैं अब भी तेरी संतान नहीं? क्यों मुझे इतना दूर फेंका गया? मैं दोषी नहीं हूँ मैंने केवल सच देखा है"

केशव वहीं खड़ा था मौन, कठोर, उसकी आँखों में कोई उत्तर नहीं था। उसने अपने इशारे पर कृषिभवन के अन्य कर्मचारियों को बुलाया।

उस रात चित्रलेखा की चेतना बार-बार डगमगाई। वह बंद कमरे की दीवारों से टकराती रही, उसकी करुण पुकार उस अंधकार में गूंजती रही।

उसके वस्त्र अस्त-व्यस्त थे, देह थरथरा रही थी। उसकी आत्मा पर जैसे किसी ने आघात किया हो।

वह जानती थी यह केवल उसकी देह पर नहीं, उसकी आत्मा, उसकी चेतना, उसकी आस्था पर प्रहार था। वह बार-बार माँ दुर्गा का स्मरण करती रही। उसका विश्वास डगमगाया नहीं, यद्यपि उसकी सांसें डगमगाती रहीं।

लगभग तीन दिन बीत चुके थे। चौथे दिन की रात, जब कृषिभवन में सब सो रहे थे, चित्रलेखा ने रस्सियों को खोलने का दुस्साहस किया। उसकी कलाईयाँ छिल चुकी थीं, पर उसने रुकना नहीं चुना।

उसने फूस की दीवार के पीछे एक ढीली ईंट पाई और किसी तरह उसे हटा दिया। बाहर अंधकार था, पर वह अंधकार अब उसे डराता नहीं था क्योंकि उसके भीतर एक और भी गहन प्रकाश जाग चुका था।

गहन अंधकार में डूबा वह कृषिभवन अब पीछे छूट चुका था। रात के तीसरे प्रहर में, जब आकाश में बादलों की ओट में छिपा चंद्रमा भी जैसे चित्रलेखा की व्यथा से शर्मसार था, एक धुंधली सी आकृति दरकती खिड़की से बाहर निकली। शरीर पर घावों के चिह्न, रूह में अनगिनत विद्रोहों की लहरें यह वही चित्रलेखा थी, जिसे कभी पूजा गया था, अब वह अपने अपमान की जंजीरों को तोड़कर भाग रही थी।

उसके पैर काँप रहे थे, पर भीतर माँ दुर्गा की कोई ज्वाला धधक रही थी। हर कदम पर कंटीली झाड़ियाँ थीं, जंगल की आड़ से गुजरते वह अपने जीवन की सबसे कठिन यात्रा पर थी। उसे न दिशा का ज्ञान था, न मंज़िल का, पर उसका बस एक ही लक्ष्य था स्वतंत्रता।

इधर, कृषिभवन में जब सुबह के पहर चौकीदारों को यह ज्ञात हुआ कि चित्रलेखा अपने बंधनों से मुक्त हो चुकी है, तो यह समाचार सीधे पन्ना महाराज तक पहुँचाया गया। उनके क्रोध का ठिकाना न रहा। चेहरा तप्त ताम्र की तरह लाल हो उठा। उन्होंने दाँत पीसते हुए कहा:

"किंकरों को भेजो। वह कहीं दूर न जाए। उस दुष्टा को वापस लाओ, चाहे मरी हुई क्यों न हो!"

और फिर, जैसे कुत्तों के पीछे हड्डी डाली जाती है, वैसे ही चित्रलेखा की खोज में एक दल तैयार हुआ जिसमें सबसे आगे था केशव, जिसकी आँखों में क्रूरता की लाली थी।

चित्रलेखा इधर भागती रही खेत, जंगल, सुनसान पगडंडियाँ, और अंत में उसे दिखाई दिया एक टूटा-फूटा बोर्ड – "श्री पांडुरंगापुरम हॉल्ट"।

यह स्टेशन अब किसी खंडहर से कम न था। वहाँ एक पुरानी, जंग खाई रेलगाड़ी खड़ी थी, जो माल ढोने के लिए प्रयोग होती थी। चित्रलेखा जानती थी कि उसे कहीं भी छिपना है। वह ट्रेन की ओर दौड़ी, और डिब्बों के बीच एक टूटे-से कोच में जाकर खुद को एक

खाली बोरियों के ढेर के नीचे छुपा लिया। उसके दिल की धड़कनें तेज़ थीं, साँसें हांफ रही थीं, और शरीर थरथरा रहा था – पर मन भीतर से शांत था। शायद यह उसकी मुक्ति का द्वार था।

उधर, केशव और उसके अनुचर स्टेशन पर पहुँच चुके थे। उन्होंने प्रत्येक कोना, हर डिब्बा खंगाल डाला, पर चित्रलेखा किसी को नहीं मिली। केशव की आँखें जल रही थीं। वह चीख पड़ा: "वह यहीं है! मैं जानता हूँ। कहीं गई नहीं होगी! ढूँढो उसे, ज़मीन खँगाल डालो!"

पर ठीक तभी, एक हल्का झटका, और ट्रेन ने सीटी दी। वह धीरे-धीरे गति पकड़ने लगी। चित्रलेखा उस बोरियों के नीचे दबी रही जैसे माँ दुर्गा की गोद में छिपी हो। स्टेशन पीछे छूट गया, और उन दरिंदों की आँखों में धोखा और पराजय की काली लकीरें छूट गईं।

यह सब किसी चमत्कार जैसा था। जैसे माँ ने स्वयं अपना हाथ उसकी पीठ पर रख दिया हो। चित्रलेखा को लगा जैसे पहली बार उसे साँस लेने की पूरी आज़ादी मिली हो।

अब वह जा रही थी अज्ञात की ओर, परंतु भय नहीं था क्योंकि अब वह अकेली नहीं थी। माँ उसके साथ थीं।

8: स्वतंत्रता

घना जंगल। रात का अंधकार अब सुबह की पहली किरणों से धीरे-धीरे ढलने लगा था। पंछियों की आवाजें वातावरण में तैरने लगी थीं। कुछ ही दूरी पर एक पुरानी, सीटी न बजाने वाली मालगाड़ी खड़ी थी, जो किसी तकनीकी कारणवश बीच जंगल में रुक गई थी।

उस गाड़ी के सबसे अंतिम डिब्बे में, धूल और कोयले की गंध के बीच, चित्रलेखा अपनी फटी साड़ी में सिकुड़ी-सिमटी बैठी थी। उसके चेहरे पर डर, थकावट और भूख की रेखाएं थीं, परन्तु उसकी आँखों में अब भी वह आँच थी जो उसे मृत्यु से भी लड़ने को तत्पर कर रही थी।

धीरे-धीरे उसने कांपते हाथों से डिब्बे का दरवाज़ा खोला। जंगल की नमी और हरियाली की गंध उसके नथुनों से टकराई। उसने बाहर झाँका चारों ओर हरियाली थी, पर कोई मनुष्य नहीं। कुछ ही क्षणों बाद, गाड़ी का गार्ड, एक अधेड़ उम्र का व्यक्ति, जिसे सभी 'रामचरन बाबू' कहते थे, अपने लाल झंडे के साथ डिब्बों का

निरीक्षण करते वहाँ पहुंचे। उनकी नज़र जैसे ही चित्रलेखा पर पड़ी, वह ठिठक गए।

"ए लड़की! तू कौन है? इस मालगाड़ी में क्या कर रही है?" उन्होंने पूछा, कठोर आवाज़ में।

चित्रलेखा डर के मारे कांपने लगी, पर अब उसमें इतना धैर्य था कि वह भागे नहीं। उसने नीचे उतरते हुए कांपती आवाज़ में कहा: "मैं... मैं भाग आई हूँ एक नरक से जहाँ मेरी आत्मा हर रोज़ कुचली जाती थी।"

रामचरन बाबू का चेहरा कुछ पल को कठोर रहा, फिर उनकी आँखों में शंका की जगह करुणा उभर आई। "चल गार्ड रूम में चल। यहाँ खड़ी रहना ठीक नहीं। कोई देखेगा तो मुसीबत हो जाएगी।"

चित्रलेखा चुपचाप उनके पीछे चल दी। गार्ड रूम के छोटे से केबिन में एक पुराना स्टोव था, चाय की पतीली और एक बेंच। रामचरन बाबू ने उसे पानी दिया और खुद भी एक स्टूल पर बैठ गए।

"अब सच-सच बता बेटी, तू है कौन? क्या हुआ तेरे साथ?"

और फिर चित्रलेखा ने टूटी-फूटी आवाज़ में अपनी पूरी कथा कह डाली देवदासी बनने का छल, मंदिर की अंधकारमयी परंपराएँ, पन्ना महाराज और केशव के शोषण की कहानी, उसकी बहन नव्या का लोप हो जाना, और अंत में उस रात का भयावह पलायन। रामचरन बाबू मौन होकर सुनते रहे, कभी-कभी मुट्ठियाँ भींचते, कभी गहरी साँस लेते।

"हे भगवान! ये कौन सा धर्म है, जिसमें बेटी को नरक में झोंक दिया जाता है," उन्होंने कहा, आँखों में नमी लिए।

फिर उसने कहा, "बेटी, डर मत। जब तक मैं जिंदा हूँ, तुझे कोई हाथ नहीं लगा सकता। तू मेरे साथ चलेगी लखनऊ। वहाँ मेरा एक पुराना मित्र है जो एन.जी.ओ चलता है, और औरतों की सहायता करता है। वो ज़रूर तेरी मदद करेगा।"

चित्रलेखा की आँखें भर आईं। पहली बार किसी पुरुष ने उसे वस्तु नहीं समझा। उसने धीरे से सिर झुकाया और कहा, "माँ दुर्गा शायद अब सच में मेरी बात सुन रही हैं।"

गाड़ी फिर से सीटी देकर चलने को तैयार हो गई थी। रामचरन बाबू ने उसे कोने में बैठाया, दरवाज़ा ठीक से बंद किया और स्टाफ

की जगह पर जाकर अपनी ड्यूटी करने लगे। रास्ते भर वह मन ही मन कोई निर्णय करते रहे।

यह दृश्य एक नयी आशा का आरंभ था चित्रलेखा के जीवन की एक नई दिशा।

सूरज की किरणें जब लखनऊ जंक्शन के पुराने पत्थरों पर पड़ रही थीं, तब वहाँ की भीड़भाड़ भरी ज़िंदगी अपने शबाब पर थी। प्लेटफॉर्म पर उतरते ही भीड़ से अलग एक कोना था, जहाँ चित्रलेखा धीरे-धीरे चल रही थी, जैसे उसकी देह अब और साथ देने से इनकार कर रही हो।

रामचरन बाबू उसे सहारा देकर आगे बढ़ा ही रहे थे कि चित्रलेखा ने अचानक अपना सिर पकड़ लिया। फिर एक तेज़ झटका और वो वहीं प्लेटफॉर्म के कोने में घुटनों पर गिर पड़ी। उसे मितली हो रही थी, साँसें तेज़ थीं और उसकी आँखों के नीचे गहरे काले घेरे उभर आए थे।

"क्या हुआ बेटी? सब ठीक है?" रामचरन बाबू घबरा गए।

चित्रलेखा ने कुछ कहने की कोशिश की पर आवाज़ जैसे गले में अटक गई। रामचरन ने फौरन एक कुली की मदद ली और उसे पास के स्टेशन के क्लीनिक ले गए।

डॉक्टर ने जाँच के बाद कहा: "उसे आराम की सख्त ज़रूरत है और ये गर्भवती है। काफ़ी कमज़ोर है ध्यान रखना पड़ेगा।"

रामचरन बाबू को जैसे किसी ने बिजली का झटका दे दिया हो। वह सब कुछ समझते थे उस पीड़ा की जड़ें कहां से आई थीं। उनका कंठ भारी हो गया था।

दिन चढ़ आया था। सूरज की किरणें लखनऊ के पुराने मोहल्ले गोमतीनगर के पास एक शांत बस्ती में उतर रही थीं। वहीं, एक दोमंज़िला पुराना मकान बाहर तुलसी का चौरा, दरवाज़े पर मटमैली परछत्ती, और दीवारों पर वर्षों पुरानी गृहस्थी की महक।

रामचरन बाबू ने धीरे से ऑटो से उतरकर चित्रलेखा को सहारा दिया। उसकी देह मानो काँप रही थी कमजोर, थकी हुई, और अपने भीतर कोई बड़ा बोझ सँभालती हुई।

दरवाज़ा खुला सावित्री देवी सामने थीं। साँवली, सीधी-सादी, पर आँखों में माँ जैसी गहराई। उन्होंने चित्रलेखा को एक नज़र देखा। कोई सवाल नहीं पूछा। बस चुपचाप आगे बढ़ीं और उसका हाथ पकड़कर अंदर ले आईं।

“इसे ऊपर के कमरे में सुला दीजिए। मैं गुनगुना दूध और खिचड़ी बनाती हूँ,” सावित्री ने कहा।

ऊपर कमरे में एक साधारण बिस्तर था खिड़की से पीपल के पत्ते हिलते हुए दिखाई दे रहे थे। कमरे में तुलसी की गंध और शांत उजाला था। चित्रलेखा बिस्तर पर बैठते ही फूट-फूट कर रोने लगी। ये आँसू डर के नहीं थे ये उस सुकून के थे जो उसे बरसों बाद महसूस हुआ।

नीचे से दो बच्चों की आवाज़ें आ रही थीं "माँ कौन आई है?"

“चुप रहो, वह बीमार हैं,” सावित्री ने सख्ती से कहा।

चित्रलेखा को गरम दूध और हल्की खिचड़ी दी गई। खाने के बाद जब सावित्री उसके पास बैठीं, उन्होंने सिर पर हाथ फेरा और कहा: "बिटिया, तू अब डर मत। जो बीत गया वो सपना था बुरा सपना। अब ये घर तेरा है। हमारे लिए तू हमारी गुड़िया जैसी है।”

चित्रलेखा ने सिर झुका लिया – "मैं माँ नहीं बनना चाहती थी मैंने तो भाग आई थी।"

सावित्री ने उसका हाथ थामा, “माँ बनना पाप नहीं होता बेटी, जबरन माँ बनना पाप है और वो पाप करने वाले तुझे सज़ा नहीं देंगे, हम देंगे। तू अब अपनी कोख को श्राप मत समझ, वो तो तेरी ताकत बनेगी।”

सुबह चित्रलेखा जब उठी तो देखा उसकी खिड़की के पास एक छोटी लड़की "गुड़िया" खड़ी थी।

"तुमने हमारे घर में सबसे पहले दूध क्यों पीया?"

चित्रलेखा मुस्कुरा दी पहली बार होठों पर थोड़ी राहत आई।

"क्योंकि तुम्हारी माँ ने मुझे अपनी बेटी कहा," चित्रलेखा ने कहा।

गुड़िया मुस्कराई "तो अब तुम मेरी बड़ी दीदी हो!"

पीछे से सूरज, उसका भाई, आ गया "और तुम्हें मेरे साथ लूडो खेलना होगा!"

नीचे बैठक में रामचरन अपनी पत्नी से धीरे से बोले, "ये बच्ची टूटी हुई है सावित्री बहुत टूटी हुई। इसका बच्चा क्या हम इतना सब सँभाल पाएँगे?"

सावित्री ने दृढ़ स्वर में कहा "भगवान ने इस बच्ची को हमारे घर भेजा है। ये कोई बोझ नहीं, ये हमारी अग्नि परीक्षा है। हम सँभालेंगे साथ में। आप स्टेशन पर ट्रेनें संभालना, मैं अपने आँगन में ज़िंदगी सँभाल लूँगी।"

उस रात चित्रलेखा गहरी नींद में थी एक ऐसी नींद जिसमें डर के साए नहीं थे, कोई सीढ़ियों की चुभन नहीं थी, कोई दरवाज़े की चरमराहट नहीं थी। बस, एक घर था जिसमें रोटी की ख़ुशबू, बच्चों की मुस्कराहट और माँ के हाथ का स्पर्श था।

वर्षों बाद उसे लगा कि वह जीवित है। अगले ही दिन रामचरण बाबू उसे लेकर 'प्रमोद स्वास्थ्य संस्थान' नामक एक एनजीओ के द्वार पर पहुँचे। यह संस्था महिला सशक्तिकरण और पुनर्वास पर कार्य करती थी।

गेट पर एक नीला बोर्ड टंगा था जिस पर लिखा था– "प्रमोद स्वास्थ्य संस्थान – हर स्त्री के लिए सम्मानपूर्ण जीवन"

रामचरण बाबू ने चित्रलेखा की ओर देखा और बोले, "शायद यही से तेरी जीवन की नई शुरुआत होगी।"

गेट हल्का-सा खुला था। भीतर से बच्चों की आवाज़ें और हल्की बातचीत की आहटें आ रही थीं। चित्रलेखा ने झिझकते हुए दरवाज़े को थोड़ा और खोला और भीतर कदम रखा।

रिसेप्शन काउंटर पर एक युवा लड़का बैठा था। सिर पर हल्की टोपी, आँखों में गंभीरता।

"जी, आप?" उसने सिर उठाकर पूछा।

"हमें प्रमोद जी से मिलना है," रामचरण बाबू ने कहा।

"पिताजी बाहर गए हैं। मैं उनका बेटा अनुपम अवस्थी हूँ। आप चाहें तो मुझसे बात कर सकते हैं," उसने विनम्रता से कहा।

चित्रलेखा एक पल रुकी, फिर सिर झुकाते हुए धीरे से बोली, "मैं बहुत कुछ झेल चुकी हूँ। अब बस एक ऐसी जगह चाहिए जहाँ कोई सिर्फ मेरी कहानी सुने बिना सवाल-जवाब के।"

अनुपम कुछ क्षण उसे देखता रहा, फिर बोला– "यहाँ कोई तुम्हें जज नहीं करेगा। आप सुरक्षित हैं। आइए अंदर बैठते हैं। आप चाहें तो धीरे-धीरे सब कह सकती हैं या चुप रह सकती हैं दोनों चलेगा।"

चित्रलेखा की आंखों में नमी उतर आई। पहली बार किसी ने इतने सरल शब्दों में उसे 'सुन लिए जाने' का भरोसा दिया था।

वह चुपचाप उनके साथ अंदर चली गई।

रामचरण बाबू ने बाहर खड़े होकर एक लंबी साँस ली। उन्हें पता था कि उन्होंने उसका हाथ नहीं थामा था बल्कि एक टूटी आत्मा को फिर से जीने की जगह दी थी।

कमरे में हल्की रौशनी फैली थी। दीवार पर माँ सरस्वती की एक शांत छवि टंगी थी। चित्रलेखा एक लकड़ी की कुर्सी पर बैठी थी, सिर झुका हुआ, आँखें भारी। अनुपम अवस्थी उसके सामने वाली कुर्सी पर संयत भाव से बैठा था। कुछ क्षण मौन में बीते, फिर उसने सहज स्वर में कहा

"आप घबराइए मत मैं सब सुनने को तैयार हूँ।"

चित्रलेखा ने गहरी साँस ली। पहले आँखों में तैरते आँसू संभाले, फिर बोली—"मैं मंदिर में देवदासी थी दस साल की उम्र में मुझे वहाँ चढ़ा दिया गया था वहाँ जो होता है वह किसी यज्ञ का हिस्सा नहीं था, वह व्यापार था एक भयावह, अमानवीय व्यापार"

उसकी आवाज़ भर्रा गई, लेकिन उसने रुकने की बजाय भीतर की आग से खुद को सँभाल लिया।

"मुझे एक दिन वहाँ से ले जाया गया जब मैंने आवाज़ उठाई मुझे दूर एक कृषिभवन में ले जाया गया वहाँ मेरे साथ"

वह थम गई। अनुपम ने धीरे से सिर झुकाया। उसकी आँखों में सहानुभूति थी, लेकिन दृष्टि में कोई दया नहीं केवल एक ठोस विश्वास कि अन्याय से लड़ना ही धर्म है।

"मैं वहाँ से भाग निकली रामचरण बाबू ने मेरी जान बचाई और अब मैं यहाँ हूँ।"

अनुपम कुछ देर चुप रहा, जैसे हर शब्द को आत्मा में उतार रहा हो। फिर वह उठा, चित्रलेखा की ओर देखता हुआ बोला—"आपने जो सहा है, उसे कोई मिटा नहीं सकता लेकिन जो आने वाला है, उसे हम बेहतर बना सकते हैं।"

वह कमरे से बाहर निकला, बरामदे में खड़े रामचरण बाबू के पास पहुँचा।

"रामचरण जी," अनुपम ने सधी हुई आवाज़ में कहा, "इनका यहाँ रहना ज़रूरी है। हमारी संस्था पूरी ज़िम्मेदारी से इनका ख्याल रखेगी। ये अब किसी के भी रहमोकरम पर नहीं रहेंगी ये अब हमारी शक्ति बनेंगी।"

रामचरण बाबू ने गहरी साँस ली, सिर हिलाया और बोले, "मैंने जो कर सका, किया बेटा अब तू संभाल"

इतना कहकर वो अपने आवास को प्रस्थान कर गए।

अब चित्रलेखा का जीवन पूरी तरह बदल चुका था। मंदिर की घुटन भरी दीवारों, कृषिभवन की दरिंदगी और भागने की थकान से दूर, अब वह एक शांत और सुरक्षित जगह पर थी प्रमोद स्वास्थ्य संस्थान में, जहाँ न कोई पुजारी था, न कोई सौदेबाज़ निगाह।

उसे वहाँ एक छोटा लेकिन साफ-सुथरा कमरा दिया गया था। दीवारों पर नीला चूना, खिड़की से आती धूप, और एक कोने में

रखा माँ दुर्गा का चित्र मानो वर्षों बाद उसे साँस लेने की आज़ादी मिली थी।

दिनचर्या सरल थी पर अर्थपूर्ण। सुबह उठकर वह अन्य पीड़ित लड़कियों से मिलती, जो उसी संस्था में रह रही थीं। उनके चेहरे पर वही डर, वही टूटी हुई उम्मीदें झलकती थीं जो एक समय उसकी अपनी आँखों में थीं। पर अब चित्रलेखा उनमें साहस भरने लगी थी। वह उन्हें सुनती, सहेजती और कहती – "हम टूटी नहीं हैं बहनों हम गढ़ी जा रही हैं।"

संस्था की ओर से उसे छोटा-सा कार्यभार सौंपा गया फलों के पैकेट तैयार करना, जिनका वितरण अन्य ज़रूरतमंद महिलाओं में होता था। कभी वह छोटी बच्चियों को कविता सिखाती, कभी पीड़ित बहनों के बाल संवारती। यह सब करते हुए उसने धीरे-धीरे खुद को जोड़ा और दूसरों को भी।

और फिर एक सुबह, जब आसमान हल्का गुलाबी था और हवा में आम्र की खुशबू घुली थी चित्रलेखा ने एक बेटे को जन्म दिया।

संस्था की दाई ने जब बच्चे को उसकी गोद में रखा, तो उसके चेहरे पर एक शांति उभर आई, जो वर्षों से कहीं खो गई थी। "माँ मुझे अब डर नहीं लगता," उसने धीमे से कहा।

उसी दिन अनुपम अवस्थी उसके पास आया, मुस्कराता हुआ। उसके हाथ में एक नीले कवर वाली डायरी थी। "आज से इसका नाम चंद्रहास होगा।"

"क्योंकि यह बच्चा अंधेरे में चाँद की तरह खिला है और इसकी हँसी एक दिन न्याय की तलवार बनेगी।"

चित्रलेखा की आँखें भर आईं, लेकिन यह आँसू अब दुःख के नहीं थे। यह आभार के, विश्वास के, और एक नई सुबह के आँसू थे।

इसी बीच अनुपम अवस्थी ने चुपचाप देवदासी शोषण और चित्रलेखा के साथ हुई हिंसा के विरुद्ध एक मामला दर्ज कर दिया था। केस एन.जी.ओ की तरफ से दर्ज किया गया था और एक प्रखर महिला वकील इसे पूरी दृढ़ता से अदालत में प्रस्तुत कर रही थी। अनुपम ने स्पष्ट कहा था– "हम अब सिर्फ पीड़ा नहीं सुनेंगे हम न्याय लाएँगे।"

चित्रलेखा को एन.जी.ओ में पूरा सम्मान दिया गया। उसे उसके अतीत से नहीं, उसके साहस से पहचाना गया। उसके बेटे चंद्रहास को संस्था के हर सदस्य ने अपना बेटा माना।

हर दिन वह एक नई उम्मीद के साथ जागती थी कि अब वह अकेली नहीं है, और अब कोई और चित्रलेखा उस रास्ते से नहीं गुज़रेगी, जिससे वह गुज़री।

9: न्याय का सूर्योदय

चंद्रगर्भा की वो शाम धीमी हवा और धूल से बोझिल थी। चित्रलेखा अपने सफेद सूती दुपट्टे को सिर पर ढँके हुए, प्रमोद स्वास्थ्य संस्थान की ओर से चलाए जा रहे एक जनजागरूकता अभियान के अंतर्गत पास की झुग्गियों में पहुँची थी। वहाँ की तंग गलियों से होते हुए वह महिलाओं के एक छोटे से समूह तक पहुँची कुछ नवविवाहित, कुछ वृद्धाएँ और कुछ किशोरियाँ, जिनकी आँखों में डर और जिज्ञासा एक साथ तैर रही थी।

चित्रलेखा ने एच.आई.वी और उसके संक्रमण के बारे में समझाया साफ़-सफाई, संक्रमित रक्त से दूरी, पति के व्यवहार पर सतर्कता और सबसे ज़रूरी, आत्म-सम्मान। उसकी बातों में अनुभव था, आँसू से भीगी हुई वो सच्चाई जिसे उसने खुद जिया था।

भीड़ में से एक बुज़ुर्ग महिला ने हाथ उठाया, उसकी आँखों में करुणा थी लेकिन स्वर नुकीला–“बहन, तुम तो इतना अच्छा बोलती हो, पर अपने बच्चे के बाप का नाम क्यों नहीं बताती?

कौन है वो? अगर हमें समझाती हो, तो पहले अपनी कहानी बताओ।"

चित्रलेखा के होठ थरथरा उठे। उसके भीतर जो घाव बरसों से पिघलते आ रहे थे, एक पल में फूट पड़े। उसकी आँखों से आँसू टपकने लगे। वह चुप थी, लेकिन उसके आँसू बहुत कुछ कह रहे थे।

उसी समय, पास खड़ी भीड़ को चीरता हुआ अनुपम अवस्थी सामने आया। उसके चेहरे पर संजीदगी और आँखों में स्नेह था। वह चित्रलेखा के पास आया, उसके कांधे पर हाथ रखा और उसी महिला की ओर देखकर धीमे लेकिन दृढ़ स्वर में बोला– "जब माँ भवानी स्वयं सृष्टि की जननी हैं जब वो के इस ब्रह्मांड को धारण करती हैं, तो क्या एक स्त्री अपने पुत्र को अपने ही नाम से नहीं पाल सकती?"

महिला चुप हो गई। उसके चेहरे पर मानो चेतना लौट आई थी।

अनुपम आगे बोला– "यह बालक चंद्रहास है माँ चित्रलेखा का पुत्र। उसके जीवन की शुरुआत एक दर्द से हुई, पर उसका अस्तित्व अब प्रेम, स्वाभिमान और न्याय का प्रतीक बनेगा।"

चित्रलेखा ने धीरे से चंद्रहास को गोद में लिया। बच्चा उसकी गोद में मुस्कुरा रहा था, जैसे उसकी मुस्कान माँ की पीड़ा पर मरहम रख रही हो।

भीड़ में सन्नाटा था, लेकिन अब चुप्पी में समझदारी थी। चित्रलेखा की आँखों में अब आँसू नहीं, शक्ति की चमक थी। वह अब केवल एक पीड़िता नहीं, एक क्रांति की प्रतीक बन चुकी थी एक ऐसी माँ, जो अपने आँचल में पूरी पीढ़ी को पनाह दे सकती थी।

एनजीओ के आँगन में हल्की धूप फैली थी। दीवारों पर टंगे रंग-बिरंगे चार्ट और बच्चों की बनाई पेंटिंग्स हवा में लहराते हुए जीवन की चहचहाहट से भर रहे थे। चित्रलेखा अब संस्था की एक सक्रिय और सम्मानित सदस्य बन चुकी थी, लेकिन उसकी दुनिया का केंद्र अब केवल एक था उसका पुत्र चंद्रहास।

पर चंद्रहास की हँसी में एक और चेहरा था अनुपम अवस्थी।

अनुपम उसे गोद में लिए सारा दिन कभी ऑफिस, कभी बच्चों की कक्षा में घुमता रहता था। लोग मुस्कुराकर कहते "लगता है जैसे खुद का बेटा हो।"

वो जब चंद्रहास को माथे पर चूमता, तो मानो उस घाव को सहला रहा हो जो बिना कहे ही चित्रलेखा के भीतर अब भी दर्द देता था। वह बच्चा जो दुःख की कोख से जन्मा था, अब स्नेह की गोद में पल रहा था।

एक रात की बात है। चंद्रहास को बुखार था। उसकी नन्हीं देह तमतमा रही थी। चित्रलेखा घबराई हुई थी और अनुपम भी। दोनों ने उसे गोद-बदली करते हुए पूरी रात टाँकियों और ठंडी पट्टियों से ताप उतारने की कोशिश की।

रात गहराती गई। बच्चे की साँसें अब थोड़ी शांत थीं। चित्रलेखा अब भी पलकों में नींद लिए बेटे की ओर देख रही थी, लेकिन थकान ने उसके शरीर को जकड़ लिया था। वह वहीं बैठी-बैठी झपकने लगी।

अचानक उसका सिर अनुपम के कंधे पर जा टिका।

अनुपम ने कुछ नहीं कहा। बस हल्के से उसे थाम लिया जैसे कोई टूटी हुई चीज़ को बिना आवाज़ के संभालता है।

फिर उसने धीरे से चित्रलेखा का सिर अपनी गोद की ओर झुकाया, उसका आँचल उसके चेहरे पर ठीक किया, और उसे सुला दिया। उसकी आँखों में कोई कामना नहीं थी बस एक मौन आश्वासन था, कि तुम थक गई हो अब कुछ पल के लिए मैं सँभाल लूँ।

अगली सुबह चंद्रहास अब अनुपम की गोद में खेल रहा था उसकी उँगली पकड़ कर मुस्कुरा रहा था। चित्रलेखा की आँख खुली तो यही दृश्य था सामने एक पुरुष जो उसके बेटे को पिता की तरह प्रेम दे रहा था, बिना किसी शर्त के बिना किसी सवाल के।

उसने पहली बार वर्षों बाद किसी को देखकर चैन की साँस ली।

सुबह का समय था। एनजीओ के खुले परिसर में हल्की धूप बिखरी थी। बच्चे खेल रहे थे, महिलाएँ अपने काम में व्यस्त थीं। चित्रलेखा, अनाज के पैकेट बाँध रही थी। पर आज उसकी चाल में थोड़ी थकावट नहीं, बल्कि ध्यान कहीं और था।

उसी समय अनुपम अवस्थी तेज़ी से अंदर आया। उसके चेहरे पर एक ऐसी चमक थी, जिसे देखकर कोई भी समझ सकता था आज कोई बड़ी बात हुई है।

"चित्रलेखा!" – वह पास आया।

चित्रलेखा चौंकी, “क्या हुआ?”

अनुपम ने एक फाइल उसकी ओर बढ़ाई और मुस्कुराकर कहा – "हम जीत गए चित्रलेखा।"

"क्या...?" चित्रलेखा के हाथ काँप गए।

अनुपम ने धीरे-धीरे कहना शुरू किया – "कोर्ट ने आज फैसला सुना दिया है। मंदिर की सारी देवादासियाँ जिन्हें ज़बरन वहाँ रोका गया था, अब आज़ाद हैं। जो वहाँ नहीं रहना चाहतीं, उन्हें तुरंत छोड़ा जाएगा।"

चित्रलेखा की आँखें भर आईं। उसकी साँस तेज़ चलने लगी।

अनुपम ने और आगे कहा –"और तुम्हारे साथ जो हुआ उसका भी न्याय हुआ है। काशव को दस वर्ष का कठोर कारावास सुनाया गया है।"

चित्रलेखा की आँखों से आँसू गिरने लगे। वो बोल नहीं पा रही थी।

अनुपम ने एक क्षण रुककर आख़िरी बात कही –"पन्ना महाराज और वह व्यापारी दोनों को उम्रकैद की सज़ा दी गई है। उन्हें अब कभी किसी मासूम के जीवन से खेलने का अवसर नहीं मिलेगा।"

चित्रलेखा की रुलाई फूट पड़ी। पर यह रुलाई दुःख की नहीं थी यह मुक्ति की रुलाई थी, वर्षों के बोझ से छूटने की।

वह नीचे बैठ गई, अपने चेहरे को हाथों से ढक लिया। अनुपम उसके पास बैठा। उसने उसके कंधे पर हाथ रखा।

“अब माँ की सच्ची शक्ति ने तुम्हारे साथ न्याय किया है,” अनुपम ने धीरे से कहा।

चित्रलेखा ने सिर उठाया। उसकी आँखों में आँसू थे पर उस आँसू के पीछे एक तेज़ था। एक विजेता का तेज़।

"अब मैं और भी ज़ोर से लड़ूँगी," उसने कहा। "अब किसी और चित्रलेखा को यह यातना नहीं सहनी पड़ेगी।"

अनुपम मुस्कुराया। पर माह एक चाह बाकी थी

वह सुबह अब सिर्फ एक समाचार की नहीं थी, बल्कि एक युग के अंत और नवयुग की शुरुआत की सुबह थी जिसमें एक देवदासी नहीं, एक क्रांति की नायिका जन्मी थी।

वह एक शांत शाम थी। एनजीओ के बगीचे में हल्की-हल्की हवा बह रही थी। गुलाबों की खुशबू और चिड़ियों की चहचहाहट वातावरण को और मधुर बना रही थी। चित्रलेखा नीम के नीचे बैठे हुए कुछ फलों के पैकेट सहेज रही थी, और पास ही चंद्रहास मिट्टी से खेल रहा था।

उसी समय अनुपम अवस्थी आया। उसके हाथ में कोई पैकेट नहीं था, न ही कोई फाइल। वह सीधे चित्रलेखा के सामने खड़ा हो गया। उसकी आँखों में हल्की सी घबराहट और गहराई थी जैसे कोई बहुत बड़ी बात कहने चला हो।

"चित्रलेखा," – उसने धीरे से कहा।

वह उठी, मुस्कुराई – "हाँ, अनुपम जी?"

अनुपम एक पल रुका। फिर गहरी साँस ली। "अब और कितने दिन अकेले रहोगी?"

चित्रलेखा थोड़ी चौंकी, उसकी साँस अटक सी गई।

अनुपम ने धीरे से आगे कहा – "अब जब जीवन ने तुम्हें फिर से मुस्कुराने का हक़ दिया है, जब तुम्हारा बेटा एक सुरक्षित और प्रेममय माहौल में बड़ा हो सकता है क्या तुम मुझे वो अवसर दोगी कि मैं तुम्हारे इस नए जीवन का हिस्सा बन सकूँ?"

चित्रलेखा की आँखें नम हो गईं। वह कुछ बोल नहीं पाई। उसने चंद्रहास को देखा जो मिट्टी में कुछ आकृति बना रहा था।

अनुपम ने फिर कहा –"मुझे कोई जवाब नहीं चाहिए अगर तुम्हें मेरी आँखों में प्रेम और सम्मान दिखाई देता है, तो बस मेरी इस प्रार्थना को स्वीकार कर लेना।"

चित्रलेखा ने उसकी ओर देखा उसकी आँखों में वासना नहीं थी, अधिकार नहीं था सिर्फ आदर और सच्चा प्रेम था।

धीरे से मुस्कुराकर चित्रलेखा ने कहा –"मैं तैयार हूँ लेकिन एक शर्त पर।"

अनुपम ने चौंककर कहा – "क्या?"

चित्रलेखा ने अपनी आँखें नीची करते हुए कहा – “मेरा कन्यादान रामचरण बाबू और उनकी पत्नी सावित्री देवी करेंगी जिन्होंने मुझे स्वतंत्रता दिलाई, जीवन दिया जिन्होंने मुझे इंसान समझा, बोझ नहीं।”

अनुपम ने सिर झुकाया –“मुझे गर्व होगा।”

कुछ ही सप्ताह बाद, उसी एनजीओ के प्रांगण में एक सादा, सुंदर और भावपूर्ण विवाह सम्पन्न हुआ। देवियों और बच्चों से भरे उस परिसर में फूलों की सजावट थी, मृदंग की ध्वनि और भजन की मधुर गूंज।

रामचरण बाबू और सावित्री देवी ने अपनी पुत्री समान चित्रलेखा का हाथ अनुपम के हाथ में रखा। चंद्रहास ने फूल बरसाए।

जब सप्तपदी के समय चित्रलेखा ने आँखें उठाकर अनुपम को देखा तो उनके बीच का संकोच, दुख और अपमान का हर पर्दा हट चुका था।

अब वहाँ सिर्फ सम्मान, प्रेम, और साथ था एक नयी शुरुआत का।

इस विवाह में न तो अतीत की बेड़ियाँ थीं, न समाज का भय। यह विवाह था दो सशक्त आत्माओं का मिलन, और एक माँ को उसका सही सम्मान दिलाने वाला निर्णय।

संध्या की बेला थी। शरद ऋतु की शीतल हवा मंदिर परिसर में धीरे-धीरे बह रही थी। आकाश में सिंदूरी लाली फैल चुकी थी और माँ दुर्गा के मंदिर में घंटियों की मधुर ध्वनि गूँज रही थी।

चित्रलेखा, अब साड़ी में एक सशक्त, शांत और पूर्ण नारी के रूप में, हाथ में फूल और दीपक लिए, अपने पति अनुपम अवस्थी और पुत्र चंद्रहास के साथ मंदिर की सीढ़ियाँ चढ़ रही थी। मंदिर की वह भूमि, जहाँ कभी उसके पाँव कांपे थे आज उसके पाँव अडिग थे।

माँ दुर्गा की विशाल मूर्ति उनके सामने थी– सिंह पर विराजमान, अष्टभुजा, करुणा और शक्ति का अद्वितीय संगम।

चित्रलेखा ने धीरे से आँखें मूँद लीं और अपनी दोनों हथेलियाँ जोड़कर माँ के चरणों में झुक गई। उसकी आँखों से आँसू बह रहे थे न दुख के, न पीड़ा के ये आँसू थे कृतज्ञता के, शांति के, माँ के साक्षात् अनुभव के।

उसके होंठों से एक धीमा, पर सशक्त स्वर निकला:

"हे माँ

तू ही मेरी राह थी, तू ही मेरी शक्ति

जिन अंधेरों में मैं भटक रही थी,

वहाँ तूने दीप बनकर मेरा मार्ग दिखाया।

मेरा स्त्री होना अभिशाप नहीं था माँ,

वो तो तेरा वरदान था जो अब मैंने समझा है।"

अनुपम ने उसके कंधे पर हाथ रखा, और चंद्रहास ने माँ के चरणों में फूल चढ़ाए।

वातावरण में एक दिव्य कंपन फैला था –मंदिर की दीपशिखाएँ एक स्वर में काँप रही थीं, जैसे माँ स्वयं वहाँ उपस्थित हों और कह रही हों – "नारी ही सृष्टि है। जब वह टूटती है, तो युगों का संतुलन डगमगाता है। पर जब वह उठती है तो सृष्टि नवजीवन पाती है।"

चित्रलेखा मुस्कुराई। अब उसे किसी प्रमाण की आवश्यकता नहीं थी। माँ मिल चुकी थीं। अपने भीतर भी और इस ब्रह्मांड में भी।

www.ingramcontent.com/pod-product-compliance
Lightning Source LLC
LaVergne TN
LVHW060259051026
849517LV00003B/880
9798231075560